Esther Koch

Totenglöckchen

Roman

Bibliografische Information der Deutschen Nationalbibliothek:
Die Deutsche Nationalbibliothek verzeichnet diese Publikation in der
Deutschen Nationalbibliografie; detaillierte bibliografische Daten sind
im Internet über http://dnb.dnb.de abrufbar.

Covergestaltung: © Tom Jay – www.tomjay.de
Foto: © hitdelight – Fotolia.com

Handlungen und Namen sind frei erfunden. Etwaige Ähnlichkeiten
in Bezug auf Wesen, Beschreibung oder Namen mit lebenden oder
ehemals lebenden Personen sind rein zufällig.

Herstellung und Verlag
BoD – Books on Demand, Norderstedt

ISBN: 978-3-7557-5916-4

Für Inge

21.08.1957 – 17.04.2021

Du hast an mich und dieses Buch geglaubt.

Für Kerstin

25.12.1966 – 11.09.2021

Dein Lachen war jedes Mal ansteckend.

Für Joe

04.01.1962 – 05.12.2021

Thank you for the music and your friendship.

Ich hoffe sehr, dass wir uns alle wiedersehen.

Am Zentralbahnhof am Ende meiner Reise …

Ich möchte Sie auf eine Reise einladen. Eine Reise in die Welten von Menschen, die auf den ersten Blick nichts Außergewöhnliches sind und auch überhaupt nichts dergleichen an sich haben.

Sie werden feststellen, dass diese Menschen jedoch eines gemeinsam haben: Am Ende Ihres kurzen Besuches in ihrer Welt, werden sie frei sein. Frei von schwedischen Gardinen, frei von Skrupeln, von Schuldgefühlen, von schlechtem Gewissen.

Frei von dem Gedanken, dass sie selbst etwas Falsches tun, wenn doch so falsch an ihnen selbst gehandelt wurde. Also auch frei von dem, was sie vorher unfrei machte.

Heißt das, es sind alles von Rache geprägte Momentaufnahmen? Keinesfalls nur im griechisch-tragischen Sinne. Du tust mir unrecht, ich räche mich dafür an dir? In manchen dieser Welten werden Sie dies sicher vorfinden.

Und in den anderen?

Vielleicht shakespearisch-tragisch? Das

Universum hat mir Unrecht angetan. Ich bin in einer Ehe, einem Familienverhältnis, einem Leben gefangen, das ich nicht verdiene. Bleibe ich Opfer, geduldig erleidend was mir geschieht? Oder befreie ich mich?

Welches ist der richtige Weg? Und führt mich nicht vielleicht jener tiefer in meine Gefangenschaft, der mich eigentlich befreien soll?

Das zu entscheiden, obliegt der Nachwelt. Wir können mit dem Ergebnis der Wahl unseres Weges nur leben – oder sterben.

Prolog

Sie versuchte zu schreien. Gleichzeitig war sie sich der Tatsache bewusst, dass sich weder ihr Mund öffnete noch ihre Stimmbänder vibrierten. Sie war sich nicht einmal sicher, ob sie atmete.

Aber sie *dachte* doch, war sich ihrer Existenz bewusst. Sie *fühlte*. Da war dieser pochende, wenngleich nicht sehr intensive Kopfschmerz.

Es war dunkel. Ihre Augen waren geschlossen. Jeglicher Versuch, sie zu öffnen, scheiterte.

Sie hätte jetzt gerne geweint, aber sie spürte, dass ihr Körper nicht fähig war, Tränen zu produzieren.

Auch ihre Zehen konnte sie nicht bewegen. Ihre … Finger. Sie spürte, dass ihre Hände gefaltet waren, wie zum Gebet.

Wann hatte sie das letzte Mal gebetet? Sie konnte sich vage erinnern. Es war Monate her. Die beiden Polizeibeamten an ihrer Tür. Die Beamtin, die sie gerade noch vor dem Sturz auf den Boden bewahrte, als die Wahrheit der Worte in ihr Bewusstsein eindrang. Als sie verstand.

„Es tut uns sehr … Ihre Eltern sind leider beide … wurde erdrosselt, aber Ihr Vater … ganz furchtbar leid. Wir müssten Sie bitten … identifizieren. "

Die Worte des Kommissars hämmerten in ihren Ohren. Und in diesem Augenblick hatte sie gebetet. „Nein, oh Gott, bitte, lass das nicht wahr sein."

Dieser Kommissar, wie hatte er nur geheißen? Reinmann? Reinhold? Wieso war das jetzt wichtig?

Weil es sie ablenkte. Von der Situation, in der sie sich befand. Aber welche Situation war das?

Weil es sie davor bewahrte, wahnsinnig zu werden. Davor, nach ihrer Bewegungsfähigkeit auch noch den Verstand zu verlieren.

Ohne dass sie in dieser Tatsache Trost fand, stellte sie fest, dass sie doch die Finger ein wenig bewegen konnte, dann die Hände, die Arme. Sie zwang sich, ihre unmittelbare Umgebung abzutasten, während ihre Lider immer noch stur unbeweglich und wie Blei ihre Augen verschlossen hielten.

Wieder spürte sie eine Welle der Panik in sich aufsteigen. *Ich muss ruhig bleiben!*

Was hatte sie in diesem Yoga-Kurs gelernt? Einatmen durch die Nase, ausatmen durch den Mund.

GANZ ruhig, und bewusst auf den Atem achten. *Es atmet mich*! Tut es das? Atme ich? ATME ICH ÜBERHAUPT NOCH?

Sie bemühte sich mit aller Kraft, die Ruhe zu bewahren. Nicht durchzudrehen. Was war nur passiert? Wieso war sie hier? Und wo war *hier*?

Erinnere dich! Sie biss die Zähne zusammen. Erinnere ... dich!!

Die eiskalte Hand der Erkenntnis packte sie, dass ihre Augen schon längst nicht mehr geschlossen waren.

Und dann erinnerte sie sich.

Und versuchte zu schreien.

Kapitel 1 – Tag

Ein Hustenanfall schüttelte den alten Totengräber, als er die letzte Sprosse der Leiter aus dem frischen Grab heraus erklommen und sich an dessen Rand niedergelassen hatte.

Er zog ein zerknittertes Stofftaschentuch aus der Tasche seines Kittels und tupfte sich den Schweiß von der Stirn. Der Dezemberkälte zum Trotz schien die Sonne freundlich herab auf die Sorgen der Lebenden und auf die Gräber der Toten. Die wenigen Bäume auf dem Friedhof spendeten nur vereinzelte Winterschatten.

Mühsam erhob sich der alte Mann und streckte mit schmerzverzerrtem Gesicht den Rücken durch. Er weigerte sich immer noch beharrlich, einen Bagger für den Grabaushub zu verwenden. Neumodisches Zeug. Als ob die Toten es nicht verdienten, dass man sich die Mühe machte, ihre letzte Ruhestätte sorgfältig und mit ein bisschen Respekt vorzubereiten. Zumal sie ja nicht in einer Großstadt lebten, und Anatole so gut wie jeden, den er zur Ruhe bettete, persönlich gekannt hatte.

Er fühlte sich hier wohl, auf seinem Kleinstadtfriedhof. Wobei der Begriff Kleinstadt immer noch übertrieben war. Nicht einmal tausend Einwohner zählte der Ort. Lebende, wohl gemerkt.

Anatole versuchte, sich daran zu erinnern, wann er das erste Grab auf diesem Gottesacker ausgehoben hatte. War es bereits Jahrzehnte her? Oder doch tatsächlich gerade erst einmal ein Jahr? Und wessen Grab war das erste gewesen? Wessen Grab war SEIN erstes gewesen?

Anatole zog eine flache Metallflasche aus der eigens dafür eingenähten Innentasche seines Kittels. Er schraubte den Verschluss ab und nahm einen Schluck, so bedacht wie möglich, um keinen weiteren Hustenanfall zu riskieren. Dann blinzelte er ins Winterlicht und schloss für einen Augenblick die Augen, den Schritten lauschend, die sich ihm über den mit frischem Schnee überpuderten Kiesweg näherten.

„Mein guter alter Anatole!"

Der Totengräber musste grinsen. Der Geistliche, der über den schmalen Weg auf ihn zukam, war zwar durchaus jünger als er. Allerdings hatten ein paar familiäre Schicksalsschläge den Priester sichtlich altern lassen.

Der Wahnsinn schien in seiner Familie zu grassieren. Nachdem sein acht Jahre älterer Bruder, der ebenfalls Priester gewesen war, unvorstellbarerweise Selbstmord begangen hatte, war mittlerweile auch noch sein Neffe Markus, der Sohn seines jüngeren Bruders, unter schrecklichen Umständen in eine psychiatrische Klinik eingeliefert worden.

Ungeachtet all dessen bemühte sich Pfarrer Paul Ruga, den Lebensmut nicht zu verlieren. Nicht zuletzt, um weiterhin als Fels im Sturm für die Schäfchen seiner Gemeinde fungieren zu können, unter anderem eben auch für seinen langjährigen Nachbarn und Freund, der nun auch noch im wahrsten Sinn des Wortes die Drecksarbeit für ihn machte.

Solange Anatole sich zurück erinnern konnte, sahen sich die beiden täglich. Ob auf dem Friedhof oder bei einem gelegentlichen abendlichen Glas Wein beim Pater in der Stube und redeten über Gott und die Welt.

Ihm hatte Pfarrer Ruga als einzigem anvertraut, welche Zweifel an seiner Berufung ihn manches Mal heimsuchten. Sowohl zu Zeiten seines Aufenthaltes am Priesterseminar wie auch heute noch bei mancher Gelegenheit. Dann fragte er sich, ob die Entscheidung, das Priesteramt zu wählen, wirklich seine eigene gewesen war, ob sie wirklich aus ihm selbst heraus gewachsen war, oder ob er nur seinem großen Bruder nachstrebte, den er Zeit seines Lebens als Vorbild gesehen hatte.

Ebenso war Anatole der Einzige, der von Pauls Glaubenskrise wusste. Von dem Brief, den er an den Bischof geschrieben und um Laisierung gebeten hatte, um die Entlassung aus seinem geistlichen Dienst. Anatole war es gewesen, der ihn damals dazu überredet hatte, den Brief nicht abzuschicken. Gemeinsam hatten sie ihn in jener Nacht an der Flamme der Osterkerze entzündet und dann dabei zugesehen, wie er im Waschbecken der Sakristei zu Asche verbrannte.

‚Siehst du,‘ hatte Anatole damals zu Paul gesagt, ‚*das Licht Jesu Christi ist stärker als jeder Zweifel.*‘

Nicht einmal seinem Bruder Benedikt hatte Paul von alldem erzählt, aus Angst, ihn zu enttäuschen.

Seinem besten Freund und seinem Herrgott hatte er diese Gedanken anvertraut. Aber von Anatole hatte er wenigstens eine Antwort bekommen ...

„Bist du schon wieder fleißig?" fragte der Pfarrer. "Du wirst deine Kräfte später noch benötigen, mein Freund."

„Ich weiß, Pater, aber wer rastet, der rostet." Anatole lachte. Ein erneuter Hustenanfall überfiel ihn.

„Mach doch langsam, mein Lieber." Der Geistliche legte eine Hand auf die Schulter des Totengräbers.

„Schon gut, schon gut." Anatole lächelte. „Aber es dauert ja jetzt nicht mehr lang."

Pater Ruga nickte und klopfte Anatole ein paar Mal leicht auf den Rücken. „Glaubst du denn," der Geistliche zögerte kurz, „dass das mit deiner Nachfolge so funktioniert? Es ist etwas ungewöhnlich ..."

Der Totengräber schüttelte den Kopf: „Mach dir deswegen keine Sorgen. Du hast recht, es wäre ungewöhnlich. Aber wir können es uns nicht immer aussuchen, an wem die Reihe ist. Allerdings habe ich in diesem Fall eine Idee. Möglicherweise überschreite ich damit eine Grenze, aber ich glaube, es ist die beste Lösung."

„Nun, ich hoffe, du weißt, was du tust. Ich muss jetzt los. Die Beerdigung beginnt in zwanzig Minuten. Sehen wir uns zur Andacht heute Abend?"

Anatole lächelte und schüttelte den Kopf. „Es bleibt noch viel zu tun, Paul. Und wenn alles gelingt, wie ich es hoffe, dann sehen wir uns heute Abend nicht mehr. Das weißt du doch. Darf ich dich daher jetzt um einen kleinen Segen bitten?"

Paul seufzte. „Nun denn, alter Freund. Unser aller Zeit steht in des Allmächtigen Hand."

Anatole schloss die Augen, senkte den Kopf und faltete die Hände. Pater Ruga legte seine Handflächen auf das Haupt seines Freundes und flüsterte: „Der Herr segne und behüte dich. Der Herr lasse sein Angesicht leuchten über dir und sei dir gnädig; der Herr hebe sein Angesicht über dich und gebe dir Frieden."

Während der letzten Worte hatte der Geistliche

mit den Tränen kämpfen müssen. Er zog den alten Totengräber in eine herzliche Umarmung, die dieser erwiderte.

„Wir werden uns wiedersehen," flüsterte Paul. Dann ließ er von seinem Freund ab, drehte sich um und entfernte sich mit schnellen Schritten.

Anatole sah ihm ein paar Sekunden nach, dann nickte er und ließ sich auf ein Knie hinab, um die Leiter aus dem Grab zu ziehen. Ächzend hievte er das hölzerne Gestell über den Kiesweg und auf die Ladefläche seines klapprigen kleinen Transporters. Die Leiter, seine Schaufel, sein Transporter. Alles Relikte aus einer anderen Zeit. So wie Anatole selbst.

In einiger Entfernung hatte sich eine Handvoll Menschen eingefunden. Direkt an einem offenen Grab, das Anatole tags zuvor ausgehoben hatte, und über dem bereits der Sarg aus hellem Birkenholz auf einem Absenkautomaten bereitstand.

Anatole schnaubte leise. Noch mehr neumodisches Zeug. Aber die Beerdigungen wurden ja heutzutage von den verschiedenen Bestattungsunternehmen in den umliegenden Städten organisiert. Und je nach dem, ob die Angehörigen Sargträger hatten oder wünschten oder eben nicht, sah man immer öfter diese Dinger.

Und in diesem Fall hatten die Angehörigen, genauer gesagt, der Witwer, nicht einmal eine Trauerfeier in der kleinen Kirche unweit vom Friedhof gewünscht! Nun denn. Was ging es ihn an?

Anatole beobachtete ein Paar mittleren Alters, das in einigen Metern Entfernung damit beschäftigt war, die Tannengrünzweige auf einem Grab zu ordnen, letztes Herbstlaub zu entfernen und ein rotes Windlicht anzuzünden und zwischen den Zweigen zu platzieren.

Der Totengräber wusste, dass es sich bei diesem Grab um das des Vaters der Frau handelte, eines renommierten Professors.

Anatole wusste auch, dass dieses Paar, das gerade noch selbst mit der Grabpflege beschäftigt war, sich gleich zur sich bereits sammelnden Trauergemeinde hinzugesellen würde.

Die alte Frau hingegen, die nun auf das mit raschen Handbewegungen arbeitende Paar zuging, kannte Anatole nicht.

Die Frau verlangsamte ihre ohnehin unsicheren Schritte, als sie am Grab des Professors vorbeiging.

Das Paar unterbrach seine Arbeit nicht, aber beide blickten kurz auf, und die Drei tauschten einen Gruß aus. Ein kurzes Nicken, ein angedeutetes Lächeln.

Auch Anatole lächelte. Er wusste, wenn sich Menschen auf einem Friedhof begegneten, würden sie einander grüßen, selbst wenn sie sich nicht kannten. Alle, die sich an diesen Ort begaben, hatten etwas gemeinsam.

Die alte Frau war weitergegangen und hinter einer Hecke verschwunden.

Das Paar hatte seine Arbeit beendet und eilte nun auf die Trauergesellschaft zu.

Anatole sah, wie Pfarrer Ruga in schwarzer Soutane und violetter Stola nun vor den Sarg trat, mit beiden Händen sein schwarzes Buch, das er immer an Beerdigungen bei sich hatte, vor den Bauch hielt und den Kopf zum stillen Gebet senkte.

Der Totengräber legte so geräuscharm wie möglich seine Schaufel neben die Leiter auf die Ladefläche seines Transporters. Dann suchte er zur

Sicherheit mit einer Hand Halt an einem in der Nähe stehenden Grabstein und senkte wie sein Freund das Haupt.

„Im Namen des Vaters und des Sohnes ..." Anatole bekreuzigte sich. *Wessen Grab war nur das erste gewesen?*

„Ich weiß!" sagte Anatole halblaut zu sich selbst. „Benedikt war tatsächlich der erste. Ein kalter Tag im frühen Januar."

Nicht zuletzt die tiefe Freundschaft zwischen dem Pater und dem Totengräber hatte Paul Ruga die Kraft gegeben, diese schwerste Aufgabe zu erfüllen. Denn es war der ältere Bruder des Geistlichen gewesen, den Anatole als ersten auf diesem Friedhof zur Ruhe gebettet hatte, und für den Paul es sich nicht hatte nehmen lassen, die Beerdigung zu gestalten und durchzuführen.

Anatole kannte den Schmerz, den der Verlust eines geliebten Menschen mit sich brachte. Er spürte ihn an diesem Ort fast täglich. Er konnte sich nicht verschließen vor den Seelenqualen, die die meisten Besucher mit sich herumtrugen. Ob bei Begräbnissen oder bei der mehr oder weniger regelmäßigen

Grabpflege.

Bei manchen ließ der Schmerz mit der Zeit nach. Bei anderen nicht. Ganz verschwinden würde er bei den allerwenigsten.

Am schlimmsten war es bei denen, die einen Sohn oder eine Tochter begruben. Das waren die Momente, in denen Anatole seine Empathie verfluchte.

Es machte keinen Unterschied, ob die Eltern bereits achtzig und die verstorbenen *Kinder* sechzig Jahre alt waren, oder ob ein geliebtes Kind nur kurze Zeit auf der Welt hatte bleiben dürfen. Dieser Schmerz, der von den trauernden Eltern zu ihm herüberwehte, hatte jedes Mal eine Intensität, die Anatole fast den Verstand verlieren ließ.

Er achtete dann darauf, nicht zu früh zum Schließen des Grabes zurückzukehren, um den Trauernden genügend Zeit zu geben, den Friedhof zu verlassen. Aber das half nur zum Teil. Meistens war die Qual des Verlustes immer noch zu spüren, selbst wenn die trauernden Eltern und Großeltern, manchmal auch Geschwister, bereits fortgegangen waren.

Anatoles Freund, Pater Ruga, hatte zu seinem älteren Bruder aufgesehen, hatte ihn geliebt. Wenigstens hatten an diesem Grab keine Eltern mehr stehen müssen, da diese bereits viele Jahre zuvor ihre letzte Ruhe auf diesem Friedhof gefunden hatten.

Aber den eigenen Bruder zu begraben, war Pater Paul Ruga selbst auch nicht leichtgefallen. Dennoch hatte er darauf bestanden, den Gottesdienst zu halten und die Aussegnung am Grab vorzunehmen. Unter gewaltigen Anstrengungen und großen Seelenschmerzen, wie Anatole damals, bei seiner ersten Beerdigung, bereits deutlich spüren konnte.

Und die Umstände hatten den Schmerz noch unerträglicher gemacht. Selbstmord? Bei einem Priester?

Ein Suizid war für die Angehörigen immer eine Katastrophe. Ein solcher Tod ließ immer noch mehr Fragen offen als ein Unfall, eine Krankheit oder ein Verbrechen.

Die Tage zwischen der schrecklichen Nachricht und der Beerdigung waren für Pfarrer Ruga entsetzlich gewesen.

Anatole hatte erst wenige Tage vor diesem entsetzlichen Ereignis die Aufgabe als Totengräber übernommen, eine Tatsache, die seinem Freund Pater Paul Ruga alleine schon schwer zu schaffen machte. Vor allem, wenn man die Umstände bedachte.

Dann war der Anruf aus der Gemeinde gekommen, die unter der Obhut seines älteren Bruders Benedikt stand. Eine völlig aufgelöste Haushälterin hatte Paul erzählt, dass sie seit einer Stunde erfolglos versuche, Benedikt zu wecken. Seine Tür sei verschlossen, was unüblich sei. Was Paul ihr denn rate, als nächstes zu unternehmen?

Pfarrer Ruga hatte ihr gesagt, sie solle die Polizei und einen Notarzt rufen, war in seinen Wagen gesprungen und in die ein paar Dörfer entfernte Gemeinde seines Bruders gefahren. Dort hatten ihn bereits die herbeigerufenen Hilfskräfte und die von Entsetzen völlig überwältigte Haushälterin erwartet.

Die forensischen Untersuchungen hatten schnell und zweifelsfrei Fremdeinwirkung ausgeschlossen. Die Tablettenpackungen auf dem Nachttisch, die nur Benedikts Fingerabdrücke aufwiesen, ebenso die Innenblister, die von innen verriegelte Zimmertür …

Nur der Ausdruck auf seines Bruders totem Gesicht ließ Paul noch heute, fast ein Jahr später, erschaudern, wenn er daran dachte. Die Augen weit aufgerissen, die Lippen wie zu einem letzten Wort geformt. Aber das schlimmste war der Zweifel gewesen, den Paul in Benedikts Blick zu erkennen geglaubt hatte. Zweifel am Glauben, Zweifel an Hilfe und Erlösung, Zweifel an Gott …

Etwas hatte ihn, einen gottesfürchtigen Mann, derart die Hoffnung verlieren lassen. Und dieses Geheimnis, das ihn schließlich zu einer solchen Verzweiflungstat trieb, hatte Pater Benedikt lange mit sich herumgetragen.

Paul hatte seinen toten Bruder heimgeholt, und Anatole hatte hier sein Grab geöffnet und wieder geschlossen, dazwischen eine Trauerfeier mit unzähligen Trauergästen aus beiden Gemeinden sowie aus den dazwischenliegenden Dörfern. Unverständnis hatte bei jedermann geherrscht.

Anatole drehte sich um und ging die paar Schritte zu Benedikts Grab hinüber, dem einzigen mit einem Kreuz oben auf dem Stein. Er fegte mit dem Ärmel den Schnee von der oberen Kante des Grabsteins und des Kreuzes. Er legte seine Hand auf den kalten Granit und schloss die Augen …

© Inge Vogt 2020

Kapitel 2 - Beichtgeheimnis

Die hölzerne Tür öffnet sich leise und wird geschlossen, das Knarren der alten Bodenbretter und der Kniebank. Geräusche, tausendfach gehört, in der Friedlichkeit des Hauses.

"Gelobt sei Jesus Christus." Worte, tausendfach gesprochen.

Jedoch die Antwort bleibt aus, nur ein tiefer Atemzug aus dem dunklen Nachbarverschlag ist zu vernehmen.

Doch dann, ganz leise: "Amen ..." gefolgt von weiterer Stille.

Der Gast zögert. Eine Einladung erfolgt: "Gott, der unser Herz erleuchtet, schenke dir wahre Erkenntnis deiner Sünden und seiner Barmherzigkeit."

Wieder Schweigen, nur das dumpfe Rascheln von Kleidungsstücken.

"Erleichtere dein Gewissen, dein Herz und deine Seele, mein Kind. Der Herr hat ein offenes Ohr für alle."

Eine kalte Männerstimme erklingt, nicht mehr

so leise wie zu Beginn.

"Hat er auch mehr Geduld als Sie ... Vater?"

"Ich wollte dich nicht hetzen. Nur ermutigen. Nimm dir so viel Zeit, wie du brauchst."

"Nun denn. Vergib mir ... Vater ... denn ich habe gesündigt ..."

Eine erneute Pause. Mit zusammengekniffenen Augen versucht der Geistliche durch das Holzgeflecht in das andere, ebenso dunkle Abteil zu spähen. Er nimmt eine undeutliche Bewegung wahr.

"Wann ... wann warst du das letzte Mal bei der heiligen Beichte, mein Sohn?"

"Ich kann mich nicht genau erinnern ... Vater. Es ist ... eine Ewigkeit her. Eigentlich ist es gar nicht mehr wahr. Ich würde fast sagen ... nie."

"Noch nie? Gehörst du nicht der katholischen Kirche an?"

"Aber Vater, das tun wir doch alle, oder nicht? Muss ich Sie denn daran erinnern, dass 'kata holos' 'für alle' bedeutet?"

Der Priester seufzt leise. "Was führt dich denn an diesem Tag zur Beichte?"

"Ich habe gehört, dass Sie den besten Trost

spenden, Vater."

"Oh, das bin nicht ich, mein Sohn. Das sind Jesus Christus und der allmächtige Vater, die den Trost spenden."

"Aber Sie machen es glaubhaft, heißt es."

"Auch der Glaube kommt nicht von mir. Den musst du in dir selbst finden."

"Und wenn ich ihn in mir nicht finden kann?"

"Ist es das, worüber du sprechen möchtest? Deine Suche nach dem Glauben?"

"Nein, Vater. Es ist nicht *meine* Suche, um die es geht."

"Nun, dann beginne doch einfach mit dem Bekenntnis deiner Sünden."

Der Gast kichert. "Ich weiß nicht, Vater, wo ich anfangen soll. Ich bin so vieler ... Vergehen schuldig."

"Nun, mein Sohn, wir sind alle nur Menschen."

"Meinen Sie?"

"Erzähle mir einfach, was dir als erstes in den Sinn kommt."

"Nun ja, lüsterne Gedanken. Frauen, Geld, Macht. Danach verlangt es mich."

"Mit solchen Gedanken bist du nicht allein,

mein Sohn."

"Und manchmal auch nach Männern."

"Oh."

"Bin ich auch damit nicht allein, Vater?"

"Wir haben alle unsere Fehler."

"Auch Sie ... Vater?"

"Selbstverständlich."

"Gelüstet es Sie auch manchmal nach Männern?"

"Mein Sohn, dies ist DEIN Gespräch mit dem Herrn. Nicht meines."

"Natürlich. Verzeihung. Ja. Macht. Und Reichtum. Guter Geschmack hat seinen Preis. Nicht wahr, Vater?"

"Sprich einfach weiter, mein Sohn."

"Ich habe selbst nie gestohlen oder getötet."

"Aber?"

"Woher wollen Sie wissen, dass jetzt ein Aber folgen muss?"

"Ich weiß es nicht, mein Sohn. Folgt es denn?"

"Oh ja, Vater."

Der Mann kichert erneut. "Das Stehlen und Morden, das haben andere für mich gemacht.

Hundertfach. Tausendfach. MILLIONENFACH. Ich liebe dieses neue Zeitalter. Sie nicht auch, Vater? Die Gesetzeshüter sind die eigentlichen Kriminellen. Und in Wahrheit sind die Sünder die Heiligen."

Der Priester zieht scharf die Luft ein. Er hat es mit einem Geisteskranken zu tun!

"Geben Sie es zu … Vater. Die Sünden, die Sie hier zu hören bekommen, sind doch bestimmt heutzutage viel interessanter als früher, oder?

Der Geistliche bemüht sich, die Fassung zu bewahren.

"Fahren ... fahren Sie doch fort."

"Was denn, bin ich plötzlich nicht mehr Ihr Sohn ... Vater?"

"Du wirst immer des allmächtigen Vaters Sohn sein."

Schallendes Gelächter ertönt. "Ja, ich habe es miterlebt, wie der allmächtige Vater mit seinen Söhnen umgeht."

"Miterlebt?"

"ICH habe das Wasser in die Schale gegossen, in der Pilatus seine Hände wusch. Immer und immer wieder."

"Wovon sprichst du?"

Der Gast lehnt sich nah an das Holzgeflecht, flüstert, unüberhörbare Begeisterung in der Stimme. "Ich spreche davon, dass ich Freudentänze aufgeführt habe während des Schauspiels, das mir europäische Könige und Königinnen geboten haben, zehn, zwanzig, dreißig Jahrzehnte lang, im Kampf gegeneinander und im Namen ihrer selbsterschaffenen Götter.

Ich spreche von den Romanows, die ich meinem Zeitenwandel geopfert habe. Die töricht romantische Hoffnung einer Handvoll Träumer, dass mir die Eine entkommen sein könnte, hat sogar später noch für ein bisschen Spaß gesorgt."

Ein tiefer Atemzug, dann fährt er fort: „Ich spreche von dem Panzer, den ich während des Blitzkriegs gelenkt habe, nur aus Spaß an der Freude, bevor ich mich zum General habe ernennen lassen, um das Spektakel bequemer beobachten zu können. Sie werden sich wundern, Vater, aber Leichengestank ist nicht mein Ding.

Ich spreche davon, dass ICH die Frage beantworten kann, wer John Fitzgerald und Robert

Francis ermordet hat! Und wenn Sie in Ihr Herz hineinsehen, dann können Sie das auch!

Das, Vater, ist nur eine kleine Auswahl meiner Sünden. Gestohlene Seelen, zerstörter Glaube.

Aber die größte Sünde, Vater, ist wohl die, dass ich lüge. Ständig. In jeder Beziehung. Dass ich vorgebe, etwas zu sein, das ich nicht bin. JEMAND zu sein, der ich nicht bin. Ich lege falsches Zeugnis ab, wo immer ich kann. Aber damit ... Vater ... wie Sie sagten, bin ich ja nicht alleine. Nicht wahr? "

Der Priester spürt den Angstschweiß auf seiner Stirn. "Wer ... bist ... du?"

"Oh, nur ein armer Sünder, den es nach Absolution verlangt."

"Nein."

"Oh doch. Mein Jesus, dies sind alle meine Sünden, die mir bewusst sind ..."

Er will schreien, doch nur ein Krächzen kommt aus seiner Kehle: "Halten Sie den Mund!"

"Haben Sie Ihren Text vergessen, Vater? Deus, Pater misericordiarum, qui per mortem et resurrectionem Fílii sui ..."

Der Schrei gelingt ihm fast: "Niemals!"

"... mundum sibi reconciliavit et Spiritum Sanctum effudit in remissionem peccatorum, per ministerium Ecclesiae indulgentiam tibi tribuat et pacem."

Ein weiterer Versuch in Verzweiflung: "Ich verbiete Ihnen ...!"

"Sprechen Sie mir einfach nach, Vater: Et ego te absolvo a peccatis tuis in nomine Patris, et Filii, et Spiritus Sancti. Amen."

"ICH WILL JETZT WISSEN, WER SIE SIND!"

Der Gast atmet tief ein und langsam wieder aus, zufrieden. "Aber das weißt du doch längst. Ich bin der, der alles kann, außer zu sterben und wieder dorthin aufzusteigen, wo ich herkam.

Ich bin der, der dir deinen größten Traum erfüllen kann. Ich kenne deinen Wunsch. Auch du bist ein Mensch wie alle anderen. Von Ehrgeiz zerfressen."

Der Priester fragt sich, warum er eigentlich weiter spricht, warum er nicht davonlaufen kann. "Mein einziger Wunsch ist es, der Mutter Kirche zu dienen."

"Ja, das weiß ich. Aber auch du bist nicht ganz

ehrlich. Denn du hast deine eigene Vorstellung, wie du deiner … Mutter am besten dienen könntest. In welcher Position."

"Was meinen Sie damit?"

"Das höchste Amt der Kirche. Du willst es. In deinen geheimsten Träumen. Die sind mir nicht verborgen."

"Es ist besser, wenn Sie jetzt gehen."

"Ich habe recht, nicht wahr? Ich weiß es."

Nun ist es am Priester, zu lachen. "Ich bin nicht einmal Bischof. Danach steht noch die Kardinalswürde. Mein Wunsch ist menschlich. Auch ich beichte meine Sünden. Und selbstverständlich ist das eine, die mich immer wieder heimsucht. Auch wenn mein … Ehrgeiz mir zu schaffen macht, weil ich weiß, dass er falsch ist, ein Wunsch, der sich nie erfüllen wird, ist ein ungefährlicher."

"So? Ich werde jetzt gehen, wie du es gewünscht hast. Das wird sich also schon einmal erfüllen."

"Das ist ja kein Hexenwerk."

"Und doch … Teufelswerk." Lachen. "Wenn du gleich deine Kabine da drüben verlässt, wirst du dich an diese Begegnung nicht mehr erinnern. Sie wird dir erst wieder ins Gedächtnis gerufen, wenn du in einigen Jahren, an einem ganz gewöhnlichen Donnerstag nach Hause kommst und deine Haushälterin mit einer Nachricht auf dich wartet. Und dann wirst du dich noch einmal fragen müssen, ob dein Wunsch wirklich so unerfüllbar und … ungefährlich ist."

"Was für eine Nachricht?"

"Soll ich dir die Überraschung wirklich verderben? Na gut. Du kannst es dir aber sicher schon denken. Es wird deine Ernennung zum Bischof sein. Noch bevor du dein halbes Jahrhundert auf dieser Welt vollendet haben wirst, wird man dich ernennen, kurz nach seiner Vollendung weihen."

"Was? Unmöglich."

"Wieso denn? Du leistest gute Arbeit. Das wird anerkannt werden. Außerdem prophezeie ich dir die Ernennung zum Kardinal binnen eines weiteren Monats."

"Unsinn! Weiche von mir, Luzifer!"

"Aaah, ich wusste, dass ich mich standesgemäß genug vorgestellt habe."

"Warum? Warum ich?"

"Ach, jetzt halt dich nicht für so unglaublich wichtig. Mir war langweilig. Das alles geht schon wirklich *ewig*. Ich kann alles tun, was ich will. Und niemand stellt sich mir in den Weg. Nach all den Jahrhunderten. Jahrtausenden. Äonen. Wird es einfach *langweilig*.

Und deine Kirche lag auf dem Weg."

"Auf dem Weg? Wohin?"

"Das braucht dich nicht zu interessieren. Politik wird erst noch zu deinem Geschäft werden."

"Aber, wenn Sie ... der ... Wie können Sie denn ... in einer Kirche?"

"Uh, hach, heiliger Boden, Highlander!" Lautes Lachen erklingt. "Du hättest erwartet, hier vor mir sicher zu sein? Dachtest du, der ... Leibhaftige geht in Flammen auf angesichts des Gekreuzigten? So billig bin ich nicht. So einfach mache ich es euch nicht. Dann würdet Ihr mich ja sofort erkennen. Immer und überall. Euer Gekreuzigter kann euch schützen, oh ja. Aber ob er es kann, liegt nicht an irgendwelchen chemischen Reaktionen zwischen ihm und mir, sondern an der Chemie zwischen ihm und euch! Gebt nicht immer mir die Schuld an allem Schlimmen, das passiert."

"Ich … möchte, … dass Sie jetzt gehen."

Knarrendes Holz in der Dunkelheit. "Wunsch erfüllt. Aber wir sehen uns wieder. Wenn der Herr Bischof der Herr Kardinal ist, und wenn dann innerhalb weiterer drei Dekaden ein … Heiliger Vater vor seinen Schöpfer tritt. Dann werden wir uns wiedersehen. Denn für diesen letzten Schritt wirst du möglicherweise wieder meine Hilfe benötigen. Und du weißt ja: Umsonst ist nur der Tod."

"Gehen Sie jetzt … bitte."

"Und solltest du in Erwägung ziehen, diese oder die andere Ernennung abzulehnen, eine Warnung: Zachäus hat sich später in den Hintern gebissen. Einen Augenblick der Schwäche, des schlechten Gewissens, und der Blödmann schenkt alles her, was er sich in Jahrzehnten mit meiner Hilfe aufgebaut hat. Und nicht nur das. Er war nicht nur seinen Reichtum los, sondern auch seine Seele, die er meinte, mit dieser angeblich ach so selbstlosen Aktion retten zu können."

"VERSCHWINDEN SIE!"

"Sie erheben die Stimme in Ihrer Kirche, Vater? Sie wissen, dass das nichts bringt. Ich bekomme, was ich will. Mit oder ohne Gegenleistung meinerseits."

Dem Priester gelingt es unter Aufbringung aller Kräfte, sich zu erheben. Er stürzt aus dem Beichtstuhl, läuft zur anderen Tür hinüber und reißt sie auf. Beim Anblick der leeren Kabine fragt er sich, was er eigentlich hier will.

Er wendet sich zu den beiden alten Frauen um, die in einer Kirchenbank kniend warten und ihn entsetzt anschauen, als sei ER ... der Leibhaftige. Warum erschaudert er bei diesem Gedanken gerade jetzt mehr als sonst?

Den beiden Frauen so freundlich wie möglich zulächelnd macht er sich auf den Weg zurück in seinen Beichtstuhl.

Kapitel 3 - Nacht

Anatole wurde aus seinen Gedanken gerissen, als der Dezemberwind Gesprächsfetzen zu ihm hinübertrug.

„Mein Beileid."

Hände wurden geschüttelt. Ein gequältes Lächeln hier, ein mitleidiges Schulterklopfen da.

„Danke. Danke, dass Sie gekommen sind." Wolfgang widerstand dem Drang, auf seine Armbanduhr zu schauen.

„Wenn du irgendetwas brauchst, melde dich. Ich weiß ja, wie es ist, plötzlich alleine zu sein."

„Ja, danke, Tante Edith."

Edith drückte sich ihr Taschentuch gegen Mund und Nase und schluchzte. „Erst Hedwig, dann Doris. Und meine armen Schwestern wurden auch noch beide ..."

„Ich weiß, Edith," unterbrach Wolfgang sie.

„Und Rainer ... so schrecklich. Und nun noch Doris' Kleine." Ein weiterer Schluchzer.

„Edith," Wolfgang legte ihr seine Hände auf die Schultern und verdrehte so unbemerkt wie möglich die Augen. Immerhin hatte er auch noch das Kaffeetrinken mit der Familie hinter sich zu bringen. Dabei war er jetzt schon mehr als genervt. Aber das würde er auch noch überstehen.

„Edith, geh doch schon vor und bestell dir im Restaurant etwas Beruhigendes."

Edith nickte und schlich schluchzend davon.

Und weiter ging es.

„Sie war noch so jung. Aber wenn das Herz nun mal schwach ist. Es tut mir so leid."

„Das weiß ich zu schätzen. Danke."

„Warum ist bloß ihr Bruder nicht hier? Hattest du ihn informiert?"

„Nein, keiner scheint zu wissen, wo er ist. Unbekannt verzogen, heißt es."

„Schade. Du, komm doch am Wochenende raus zu uns auf den Hof."

„Das ist ein nettes Angebot, Aurelia. Und eine gute Idee. Vielen Dank."

Und jetzt noch dieser Pfaffe, dessen deprimierende Trauerrede kaum auszuhalten gewesen war. Aber für die Familie hatte das natürlich sein müssen.

„Der Herr sei mit dir, mein Sohn."

„Danke, Vater. Und ich glaube, ich habe Ihnen niemals meine Anteilnahme zum … Tod Ihres Bruders ausgesprochen."

„Das ist sehr freundlich von dir, dass du in einem solchen Moment daran denkst. Obwohl es sich ja bald schon zum ersten Mal jährt."

„Naja, die Umstände waren ja auch wirklich … tragisch."

Pater Ruga nickte. „Wir glauben, einen Menschen zu kennen, mein Sohn, und wissen doch nicht im Geringsten, was in ihm vorgeht."

„Da sagen Sie was, Herr Pfarrer. Bitte begleiten Sie uns doch noch auf eine Tasse Kaffee, ja?"

„Wirklich sehr aufmerksam, mein Sohn. Gerne."

„Gehen Sie mit den anderen bitte schon vor? Ich wäre gerne noch ein paar Minuten alleine."

„Aber natürlich, mein Sohn. Gelobt sei Jesus Christus."

„In Ewigkeit. Amen."

Wolfgang blickte dem Geistlichen hinterher und beobachtete, wie dieser den kleinen Friedhof verließ und seine Schritte in Richtung Kapelle lenkte.

Der schlanke, hochgewachsene Mann Mitte Dreißig wandte sich dem noch offenen Grab zu. Er trat näher an den Rand und schaute auf den hellen Sarg hinab.

Er lächelte. Mit der rechten Hand ergriff er den Knoten seiner Krawatte und zog ihn mit zwei kurzen seitlichen Bewegungen zur Hälfte auf. Er spürte, wie ihm, trotz der Jahreszeit, Schweißperlen unter dem Hemd am Rücken herabliefen, aber hier, am offenen Grab seiner Frau, konnte er nicht einfach sein Jackett ausziehen. Ein wenig Fassade musste noch sein.

Lena.

Es hatte besser funktioniert, als er erwartet hatte. Es hätte so vieles schiefgehen können. Was, wenn sie an diesem Abend keinen Drink gewollt hätte? Dann hätte er vermutlich einfach noch einen Tag gewartet. Wenn sie ihn – ungeschickt wie sie gewesen war – vergossen hätte? Was, wenn sein Geschäftspartner, der ihn mit allem Nötigen versorgt hatte, einen Fehler gemacht hätte, und die Substanz, die Wolfgang Lenas Cocktail zugesetzt hatte, nicht wie versprochen geruchlos gewesen und von Lena zu früh bemerkt worden wäre?

Aber zum Glück hatte sein Kumpel, mit dem er vor knapp zwei Jahren ein kleines Unternehmen gegründet hatte, das sich mit der Beschaffung und Lieferung nicht ganz legaler Spezialitäten befasste, und welcher ein Liebhaber und Sammler exotischer und giftiger Tiere war, keinen Fehler gemacht.

Und zum Glück hatte dieser noch geliefert, bevor er dummerweise vor ziemlich genau einem Monat einem seiner eigenen Haustiere zum Opfer gefallen war. Das war schon eine merkwürdige Sache gewesen.

Wolfgang atmete tief durch. Das alles spielte nun keine Rolle mehr. Das Gift hatte gewirkt. Es war alles abgelaufen, wie er es geplant hatte. Der befreundete Arzt hatte akutes und massives Herzversagen festgestellt und bescheinigt. Nicht zuletzt seiner Schauspielkunst war es zu verdanken, dass der alte Hausarzt der Familie den Totenschein ohne Zögern ausgestellt hatte. Und vor allem, ohne auf den Gedanken zu kommen, eine Autopsie anzuordnen. Immerhin war Lena nicht gerade in einem Alter gewesen, in dem normalerweise mit

Herzversagen zu rechnen war.

Andererseits hatte sie in den Monaten vor ihrem Tod einiges durchgemacht, hatte unter starkem Stress gestanden.

„Nicht wahr, Herr Doktor," Wolfgang hatte sich schluchzend und mit hängenden Schultern vor dem Arzt aufgebaut, „das waren diese Schicksalsschläge, nicht wahr? Die haben sie fertig gemacht, richtig?"

„Ja, mein Junge, es tut mir leid, aber so etwas kann tatsächlich vorkommen. Wenn es eine unentdeckte Vorerkrankung gibt. Ein Herzleiden, das bisher noch nicht bemerkt wurde …" Wolfgang musste bei der Erinnerung an die zitternden Hände des alten Arztes grinsen.

Niemand würde jemals auf den Gedanken kommen, dass Lena hatte sterben müssen, weil sie zu neugierig geworden war und genügend Details über seine Geschäfte herausgefunden hatte, um ihm das Leben zukünftig schwer machen zu können.

Sie war kein Erpressertyp gewesen, aber irgendwann – so hatte Wolfgang befürchtet – hätte Lenas schlechtes Gewissen sie zur Polizei getrieben.

Aber jetzt war ja alles gut.

„Herzliches Beileid, junger Mann."

Wolfgang fuhr herum und hätte beinahe das Gleichgewicht verloren. Das hätte gerade noch gefehlt – direkt zu Lena ins Grab zu stürzen... Musste dieser alte Narr ihn auch so erschrecken?

Anatole streckte die Hand aus und ergriff Wolfgangs Jackettärmel.

„Vorsicht, mein Junge. Oder hast du's so eilig?" Er kicherte.

Wolfgang lachte nervös auf. „Nein. Ich dachte nur, ich wäre hier alleine."

„Sind wir das jemals?" Anatole zog seine Flasche aus dem Kittel, drehte den Verschluss auf und hielt sie Wolfgang hin.

„Nein danke. Was meinen Sie damit?"

Anatole nahm einen Schluck und verstaute die Flasche wieder. „Ich denke, wir sind niemals allein. Egal, was wir tun oder wo wir sind."

„Möglicherweise. Ich muss jetzt gehen." Wolfgang versuchte, seinen Standort zwischen dem Rand des offenen Grabes und Anatole zu verlassen, aber der alte Totengräber rührte sich nicht.

„All diese Seelen," seufzte Anatole. „Jung oder

alt, glücklich oder schmerzgepeinigt. Am Ende kommen sie doch alle in meine Obhut."

„Die Seelen? Wirklich?" Wolfgang grinste. „Der Pfarrer hat eben behauptet, hier lägen nur die Körper."

Anatole lächelte. „Damit will er euch und sich selber beruhigen. In Wirklichkeit weiß er genau wie ich, dass das so nicht ganz der Wahrheit entspricht."

„Was soll das heißen? Spukt es hier etwa?" Wolfgangs Grinsen wurde breiter. Offensichtlich hatte der alte Spinner zu viel Zeit mit Leichen verbracht.

Anatole schloss die Augen. „Spürst du es denn nicht? Den Schmerz? Die Verzweiflung? Die Hoffnungslosigkeit? Nur die, die bereit sind, zu gehen, die gehen ganz."

„Also bitte. Jetzt muss ich wirklich los. Meine Gäste …" Wolfgang schob Anatole zur Seite.

„Hier zum Beispiel." Anatole packte Wolfgang erneut am Ärmel und zog ihn zwei Grabreihen weiter, zurück zu dem Ort, an dem Anatole ein paar Minuten zuvor noch gestanden und der Vergangenheit gelauscht hatte.

Widerwillig ließ sich Wolfgang von dem Alten mitziehen und blieb neben diesem vor einem Grab stehen, das wie viele andere den Winter über unter einer Decke aus Tannenzweigen verbringen würde.

Anatole deutete auf den Grabstein. „Du hast davon sicher in der Zeitung gelesen."

Wolfgang beschloss, die Tatsache zu ignorieren, dass der Alte ihn die ganze Zeit duzte. Warum auch nicht. Schließlich war er vermutlich an die hundert Jahre alt.

„Naja, natürlich. Das war der Pfarrer, der sich selber gekillt hat. Der Bruder vom ..." Wolfgang deutete mit dem Daumen rückwärts über seine Schulter in Richtung Kirche.

Anatole nickte. „Selbstmord. Eine Todsünde. Eigentlich."

„Ja, etwa nicht?" Wolfgang grinste.

„Er liegt in geweihtem Boden. Dank unseres Freundes Paul, der gerade eben auch deine Frau zur Ruhe gebettet hat. Er hatte Verständnis für den Seelenschmerz seines Bruders und Amtskollegen. Und Verständnis dafür, dass der Schmerz irgendwann so groß war, dass auch die Gebete und die Hoffnung auf den zu erwartenden ewigen Frieden ihn nicht mehr erträglich machen konnten."

Wolfgang schnaubte und zog schließlich doch das Jackett aus. Dezember hin oder her. Ihm war warm. Sowieso egal. Er stand ja nicht mehr an Lenas Grab. Und egal auch, was dieser alte Spinner von ihm dachte.

Während er die Ärmel seines Hemdes aufrollte, fragte er: „Und was war jetzt dieser große Schmerz? Weiß man das?"

Anatole nickte langsam. „Er war vor Jahren in seiner Kirche vom Teufel besucht worden."

Wolfgang hielt in der Krempelbewegung inne. „Der ... der Teufel hat ihn besucht?"

„Im Beichtstuhl."

Der junge Mann verdrehte die Augen und krempelte weiter. „Ach herrjeh. Na DER war ja wirklich kaputt."

„Findest du das nicht ein wenig arrogant? Einem Menschen, den du nicht näher kennst, ein solches Etikett aufzudrücken?"

„Also entschuldigen Sie, aber ... der Teufel?"

„Warst du dabei?"

„Nein, natürlich nicht, aber ..."

„Wie kannst du dann so über ihn sprechen?

Wenn dich der Teufel besuchen würde, brächte dich das nicht um den Verstand?"

Wolfgang schüttelte den Kopf. „Der Teufel wird mich nicht besuchen."

„Warum bist du da so sicher?" Anatole schmunzelte und neigte den Kopf leicht zur Seite.

Wolfgang wurde unsicher. „Weil … weil der Teufel nicht auf der Erde rumrennt, Leute besucht und ihnen zuflüstert ‚Hallo, ich bin der Teufel, schön, dich kennenzulernen.'

„Und woher weißt du das?"

„Weil …, weil … Das ist mir jetzt zu blöd. Da warten ein paar Leute auf mich. Die haben nämlich eben mit mir zusammen meine Frau beerdigt, wissen Sie?"

Anatole nickte. „Ach ja, deine Frau. Woran ist sie gestorben?"

„Das geht Sie zwar nichts an, aber … Herzversagen."

„Ach, das Herz. Ja." Anatole wirkte plötzlich geistesabwesend.

Gerade als Wolfgang sich umdrehen wollte, um den alten Mann alleine stehen zu lassen, sagte dieser:

„Pfarrer Ruga besitzt den Abschiedsbrief seines Bruders, weißt du? Benedikts Haushälterin hat ihn gefunden. Er war an Paul adressiert, und die gute Seele, die sich jahrelang um Benedikt gekümmert hatte, gab ihn sofort an Pfarrer Ruga weiter."

Wolfgang grinste höhnisch. „Und da stand drin, dass ihn der Teufel besucht hat?"

Anatole nickte. „Und nicht nur das. In dem Umschlag steckte auch das Schriftstück, in dem er zum Bischof ernannt wurde. Da war er 49 Jahre alt gewesen. Genau wie Luzifer es ihm vorhergesagt hatte."

„Zum Bischof ernannt? Davon hätte man doch was mitkriegen müssen, wenn der Pfarrer vom quasi Nachbardorf auf einmal Bischof ist."

„Er hat das Amt abgelehnt."

„Abgelehnt? Das geht?"

„Ja, mein Junge, das geht. Es gibt immer mehrere Kandidaten in näherer Auswahl, so dass in einem solchen Fall das Ernennungsverfahren einfach wiederholt werden kann. Außerdem, wieso wundert dich das? Wir haben immerhin mittlerweile einen Papst abdanken sehen."

„Auch wieder wahr."

„Er hat das Amt nicht nur abgelehnt, sondern die Ernennung seinem Umfeld gegenüber auch verschwiegen. Denn im Augenblick, als er das Schreiben las, fiel ihm sein unheimlicher Besucher wieder ein. Wie von diesem prophezeit. Jahrelang hatte er nicht mehr daran gedacht. Dann kam der Brief, und alles war wieder präsent. Die Angst, das Entsetzen."

„Aber … er hat sich doch erst Anfang dieses Jahres umgebracht. Da war er doch schon weit älter als 49. Wieso jetzt plötzlich? Wieso nicht schon direkt nach der Bischofs-Geschichte?"

Anatole schüttelte den Kopf. „Todsünde? Du erinnerst dich? Außerdem hat er zuerst auch gedacht, er erinnere sich lediglich plötzlich wieder an einen sehr lebhaften Albtraum, den er wohl mal gehabt haben musste. Und vermutlich war sein Gottvertrauen zu jenem Zeitpunkt noch groß genug."

„Und dann?"

„Dann? Dann kehrte sein Besucher zurück."

„Der Teufel?" fragte Wolfgang mit einem abfälligen Unterton.

„Genau der. Er hatte Benedikt davor gewarnt, die Ernennung abzulehnen. Manchmal treibt er eben gerne seine Spielchen mit uns. Und sogar lieber mit den Frommen als mit den erklärten Sündern."

„Und dieser zweite … ähm, Besuch hat ihm dann den Rest gegeben?"

„Er ist in seinem Abschiedsbrief nicht mehr ins Detail gegangen als zu schildern, dass er spürte, wie allmählich der Wahnsinn von seinem Geist und die Verzweiflung von seiner Seele Besitz ergriffen. Dann kam wohl der Zeitpunkt, an dem es einfach unerträglich wurde."

Anatole betrachtete eine Weile schweigend das Grab. Dann fragte er: „Woran, sagtest du, ist deine Frau gestorben? Ach ja, das Herz." Anatole drehte sich um und ging ein paar Schritte. Dann blieb er stehen und deute Wolfgang an, ihm zu folgen.

Vor einem etwas breiteren Grab blieben sie nebeneinander stehen. Eine niedrige Buchshecke umfasste das mit Tannenzweigen abgedeckte Beet.

„Diese Frau hier," sagte Anatole leise, „ist an gebrochenem Herzen gestorben."

Wolfgang trat neben den Grabstein, beugte

sich vor und wischte eine Schneewehe von der eingemeißelten Schrift weg. „Da stehen aber zwei Namen," bemerkte er.

Anatole nickte.

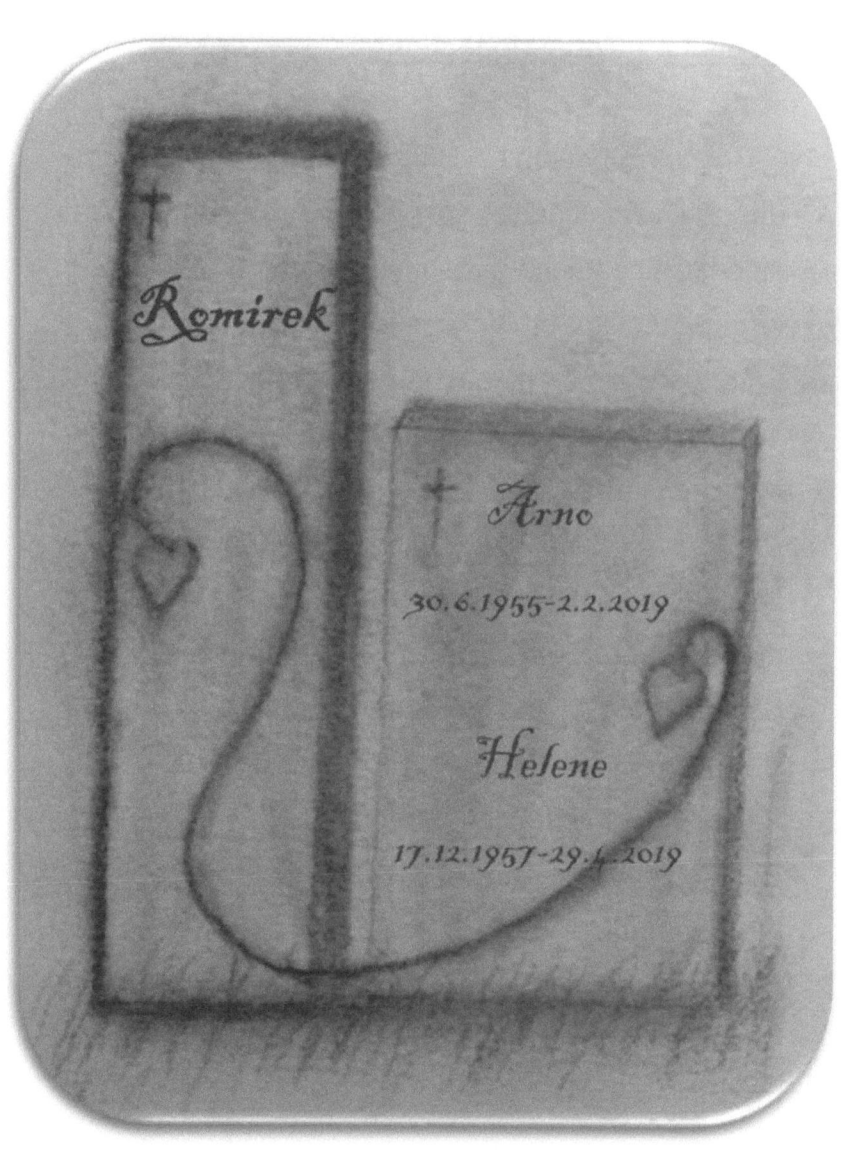

Romirek

✝ Arno
30.6.1955-2.2.2019

Helene
17.12.1957-29.4.2019

Kapitel 4 – Totenglöckchen

"Man nehme..." Helene beugte sich tief über das aufgeschlagene Kochbuch. "Ja, genau. Was eigentlich nehmen wir diesmal?" Sie richtete sich auf, ergriff das große, in schwarzes Leder gebundene Buch und trug es hinaus in den Garten. Sie legte es auf den runden, grauen Marmortisch und begann, zwischen ihren Kräuterbeeten hindurchzuspazieren.

Sie beobachtete eine Zeit lang die ersten Bienen, die dienstbeflissen in der lauen Aprilluft um die frischen Blüten herumschwirrten. Helene atmete den Duft der Jahreszeit ein und schloss die Augen. "Erdnüsse," erinnerte sie sich, "hatten wir zuletzt."

Sie kaufte nur ungern die wichtigsten Bestandteile für ihre Rezepte. Normalerweise waren die Erzeugnisse ihres Gartens ausreichend. Und im Spätsommer und Herbst pflegte sie eine große Auswahl an Pflanzen in ihr Häuschen hineinzuholen, manche zum Trocknen, manche, um in Töpfen Ableger zu ziehen, die sie dann im Frühjahr an ihre Schwester Elisabeth, ihre Nichte Aurelia oder an Freundinnen verschenkte.

Auch die Samen, die sie im Laufe des Jahres gesammelt hatte, verschenkte sie oder zog eine neue Pflänzchen-Generation daraus.

Aber gerade im vergangenen Winter hatte sie beschlossen, dass doch ein wenig Abwechslung in ihre Rezepturen kommen sollte.

Helene musste lächeln, als sie an die Flasche Spätburgunder dachte, die sie unter falschem Namen dem Anwalt zum Geburtstag geschickt hatte, diesem verlogenen, geldgeilen Stück Abschaum. Dass diese Typen sich aber auch nie dafür interessierten, wer sie beschenkte. Die nahmen und gierten und griffen bloß immer alles ab, was sich ihnen bot.

Also beschenkte Helene sie großzügig.

Zugegebenermaßen stammte die Idee mit den zermahlenen Nüssen, die sie dem Rotwein zugesetzt hatte, nicht von ihr, sondern aus einem Roman, den sie ein paar Jahre zuvor gelesen hatte.

Zudem war es reines Glück gewesen, dass sie von der starken Nussallergie des Anwalts erfahren hatte. Sie hatte die Flasche präpariert, neu verkorkt und ein teuer aussehendes Wachssiegel aufgebracht. In einer edlen Holzkiste verpackt und von einer

Glückwunschkarte aus feinstem Büttenpapier begleitet, hatte die Flasche keinen Verdacht erregt.

Auch die Muskatnüsse hatte sie selbstverständlich nicht selbst gezogen, die sie gerieben und in Gelatinekapseln gefüllt hatte, um sie dem Geschäftspartner ihres geliebten, seligen Arno anstelle der Vitaminpräparate unterzuschmuggeln, die er ständig im halben Dutzend schluckte.

Wenn er nicht immer diesen Dreck in sich hineingeschüttet hätte, dachte sie mit einem Anflug von Bitterkeit, sondern sich anständig ernährt hätte, mit Gemüse und Obst und Kräutern ... Aber ... man ist, was man isst. Und manche Leute aßen eben Dreck.

Trotz ihres Entsetzens über die Geschehnisse und die lügengespickten Aussagen gegen Arno, war es Helene gelungen, sich rechtzeitig, bevor sie nach Arnos Verhaftung die gemeinsamen Büroräume offiziell zum letzten Mal verlassen und die Schlüssel abgeben musste, einen Überblick über diese sogenannten Nahrungsergänzungsmittel zu verschaffen, die Arnos Partner schon seit Jahren täglich fraß.

Im Büro des Partners hatte Helene einen

schmalen, hohen, mit bunten Plastikflaschen gefüllten Schrank gefunden. Sie vermutete, dass er einen ebensolchen zu Hause stehen hatte.

Weiße Q 10-Kapseln, dunkelbraune Kapseln mit Vitaminen für Männer, was immer das sein sollte, hellbraune Kapseln mit Vitaminen für Raucher – was nach Helenes Auffassung der größte Blödsinn war. Aber Pillen fressen war natürlich einfacher, anstatt sich diese Unsitte einfach mal abzugewöhnen.

Es war ein gewaltiges Konglomerat an verschiedensten Präparaten in ebenso vielen verschiedenfarbigen Kapseln, dem sich Helene gegenüber gesehen hatte, als sie den Inhalt des Schrankes inspizierte.

„Verzehrempfehlung" hatte sie auf jeder Verpackung gelesen. Eine oder zwei pro Tag.

Sie hatte aus jedem Fläschchen eine Kapsel entnommen, damit sie jeweils den richtigen Farbton würde verwenden können. Wobei sie bezweifelte, dass der selbstherrliche Kretin eine leichte Abweichung in der Farbe überhaupt bemerken würde. Selbst wenn, würde er sie höchstens für eine produktionsbedingte Änderung halten.

Nur von den durchsichtigen und offensichtlich flüssig gefüllten Omega 3-Kapseln hatte Helene die Finger gelassen, da ihre Neubefüllung ja pulverförmig sein würde, und das wahrscheinlich selbst ihm aufgefallen wäre.

Mithilfe einer Kopie des Büroschlüssels, die sie sich hatte anfertigen lassen, hatte sie einige Nächte später wieder vor dem Schrank gestanden, den Inhalt der Flaschen in eine große Mülltüte geschüttet und durch ihre eigenen Kapseln ersetzt.

Dann hatte sie abgewartet ...

Ihr Blick entspannte sich, als sie ihn über ihren Garten schweifen ließ, der so wunderbare, gesunde Früchte hervorbrachte. Und daneben so tödliche ...

Dieser Saukerl, dachte sie lächelnd. Hat sich immer als Freund präsentiert, aber wo war er, als ihr Arno seine Hilfe gebraucht hätte? Natürlich hatte er nichts mit der Sache zu tun gehabt, behauptete er. Natürlich war das ganz alleine Arnos Idee und Schuld und ...

Nun ja, Arnos Geschäftspartner hatte weiterhin fleißig seine ... Vitaminpräparate geschluckt und nach wenigen Tagen begonnen, zu halluzinieren. Und leider muss er eines Tages eine solche Halluzination ausgerechnet während einer Fahrt mit seinem schicken, gelben Porsche gehabt haben. *Sic transit gloria mundi.* In Qualm und dem Gestank von kochendem Blut und brennendem Fleisch in einem schmelzenden Metallhaufen.

So oder so ähnlich hatte es zumindest die Boulevardpresse geschildert.

Und Arno?

Helene kniete sich zwischen zwei Beeten auf die Erde und ließ sich vom Schmerz der Erinnerung umspülen.

Ihr Arno war ins Gefängnis gegangen. Für etwas, das er nicht getan hatte. Sein Geschäftspartner, der angeblich sein Freund war, sein Anwalt, der ihn hätte entlasten sollen, dieser Richter, der das Urteil gesprochen hatte, der die Untersuchung leitende Kriminalbeamte, der Gefängnisdirektor, der Gefängnisarzt. Sie alle trugen die Schuld an den Konsequenzen.

Denn Arno hatte schließlich die Strapazen der Haft nicht mehr ertragen. Er war nicht mehr jung und schon gar nicht mehr ganz gesund gewesen. Seinen

Freitod hatte man allerdings als endgültiges Schuldgeständnis angesehen.

Ein bisschen mehr Aufmerksamkeit und Pflege, ein bisschen mehr Interesse des Direktors an den Vorgängen innerhalb seines Gefängnisses hätten Arnos Leben vielleicht retten können. Aber dem Schweinehund war es ja egal gewesen, wie sehr Arno litt, wie sehr sie gebettelt hatte, um eine Verlegung Arnos in ein richtiges Krankenhaus, gerne ausgestattet mit allen Sicherheitsvorkehrungen, die der Herr Direktor nur für nötig hielt. Aber mit all dem war sie beim werten Herrn Direktor auf taube Ohren gestoßen.

Seine volle Aufmerksamkeit erfuhr interessanterweise das Chutney aus grünen Tomaten, das sie ihm um Weihnachten herum, natürlich auch wieder unter falschem Namen, geschickt hatte, versetzt mit einer beträchtliche Menge an pürierten, rohen, grünen Samenbeeren ihrer selbstgezogenen Kartoffeln. Nichts ging doch über dieses wunderbare Solanin in entsprechender Dosierung. Und nichts, was eine gehörige Portion Knoblauch nicht geschmacklich wunderbar getarnt hätte.

Wenn die Trauer zu groß wurde, stellte Helene sich gerne vor, wie der Herr Direktor in seinem stinkenden Erbrochenen liegend erstickt sein musste.

Ganz besonders stolz war sie aber auf den Aufguss und die Lotion aus ganz besonderen ätherischen Ölen gewesen, die sie dem Richter hatte zukommen lassen, diesem fetten, bestechlichen Schwein, das seinen Wanst allabendlich in seiner privaten Sauna heraushängen ließ.

Ihre ältere Schwester Elisabeth hatte sie darauf hingewiesen, dass das aus dem wunderschönen blauen Eisenhut gewinnbare Aconitin nicht unbedingt verzehrt werden musste. Selbstverständlich tat es auch seine Wirkung, wenn es – und das war der Clou gewesen – auf schweißnasse Haut aufgetragen wurde.

Helene erhob sich und gluckste bei der Vorstellung, wie sich dieser Widerling in seiner sauteuren Sauna in Krämpfen gewunden haben musste und schließlich verreckt war.

Besonders schwierig war es beim Arzt gewesen. Der Gefängnisarzt, der Arnos sich stetig verschlimmernden Gesundheitszustand als Versuch abgetan hatte, sich Vergünstigungen zu erschleichen. Genau wie der werte Herr Direktor hatte er nichts unternommen.

Es war schwierig gewesen, weil er als Mediziner möglicherweise zu früh die Symptome einer Vergiftung bei sich selber hätte feststellen können. Also musste es in seinem Fall entweder besonders schnell gehen, damit er nicht mehr in der Lage sein würde, anhand seiner Symptome eine Diagnose zu stellen und Hilfe zu holen, oder sie musste ein Gift finden, das unspezifische Symptome hervorrief, aber dennoch tödlich war. Oder es musste etwas sein, wofür es ganz simpel kein Gegenmittel gab.

Auf jeden Fall hatte sie auch diesen Verbrecher nicht einfach so davonkommen lassen wollen. Diesen Drecksack, der ihr ins Gesicht geschmunzelt und sich dabei wiederholt den Sprühkopf seiner Heuschnupfensprayflasche in die Nase gerammt hatte. „Ich glaube nicht – schnief –, dass Ihr Mann wirklich so krank ist, wie er tut. Die Laborergebnisse zeigen nichts – schnief – Besorgniserregendes an."

Dieser ekelhafte Mistkerl.

Sie lief ein paar Schritte zum anderen Ende

ihres Gartens, bis sie vor ihrem wunderschönen Ricinus communis stand. Ihr Wunderbaum, der eigentlich mehr ein Strauch war, mit seinen grünen und burgunderfarbenen Blättern und leuchtend-roten igeligen Früchten, jede davon mit drei großen, mörderischen Samenbohnen gefüllt.

Das Rizin aus den Bohnen zu gewinnen war genauso unproblematisch gewesen, wie aus dem feinen Pulver eine wässrige Lösung herzustellen, die in der Heuschnupfensprayflasche des Herrn Doktor ihren Platz finden würde. Auch eine solche leere Flasche aus seiner Mülltonne zu fischen, hatte bei Nacht und Nebel keine Aufmerksamkeit erregt.

Schwieriger war der Austausch der Flaschen gewesen. Es kam Helene zugute, dass des Doktors Gattin im März ihren sechzigsten Geburtstag groß feiern wollte, sogar mit Bedienpersonal und auch sonst einigem Schnickschnack. Eine kleine, ältere Dame mit weißem Schürzchen fiel zwischen den anderen Tabletts-tragenden Damen und Herren überhaupt nicht auf. Sie musste lediglich einen Moment abwarten, in dem Herr Doktor sein Fläschchen einmal nicht in der Jacketttasche verschwinden ließ, sondern es kurz auf einem Tischchen abstellte, um sich vor der nächsten Einnahme die Nase zu putzen. Helene vollzog den Tausch flink und unauffällig. Anschließend hatte die Personal-Crew plötzlich ein Mitglied weniger.

Fünf Tage später stand die Todesanzeige mit dem Namen des Herrn Doktor in der Zeitung.

Helene grinste bitter und dachte: „Jetzt hat es sich ausgeschnieft, Doktorchen."

Sie ging ein paar Schritte weiter und kniete dann vor einem Kräuterbeet nieder, aus welchem ihr ein starker Knoblauchgeruch entgegenwehte.

"Allium ursinum," flüsterte sie schwärmerisch.

Diesen Samstag würde sie einen Kräuterstand auf dem Markt eröffnen. Nur diesen einen Samstag. Sie würde zur Stelle sein, wenn die Ehefrau dieses Kriminalbeamten zum Einkaufen zu ihr kam. Dieses Kriminalbeamten, der die gefälschten Papiere in Arnos Unterlagen versteckt und mit der Verhaftung seine Beförderung gesichert hatte.

Helene würde dieser Frau etwas empfehlen. Ein raffiniertes Bärlauchpesto zu Fettuccine vielleicht? Dann würde sie ihr einen ganz besonders saftigen

Bund Bärlauch verkaufen. Nie im Leben würde die Frau die Blätter der Convallaria majalis dazwischen erkennen oder auch nur vermuten.

Lächelnd drehte Helene sich zu dem anderen Beet herum und pflückte ein Blättchen nach dem anderen von dieser anderen Pflanze, die dem Bärlauch zum Verwechseln ähnlich sah, aber leider hochgiftig war.

Dieses Jahr wuchsen sie aber wieder wirklich üppig, diese Maiglöckchen.

Kapitel 5 – Liebe

Wolfgang starrte Anatole mit offenem Mund an. „Rizin und Maiglöckchen? Echt jetzt?"

Schweigend erwiderte Anatole Wolfgangs Blick.

„Ich meine ja nur," Wolfgang zuckte mit den Schultern, „dass die Dame neben ihrer Gartenarbeit und Giftkocherei wohl noch Zeit zum Fernsehen hatte."

Anatole runzelte die Stirn.

„Nein?" Der jüngere Mann hob die Augenbrauen. „Sagt Ihnen nichts? Rizin? Maiglöckchen? Walter White? Gar nichts? Na gut." Er seufzte und betrachtete den Grabstein.

„Aber … man ist ihr dann ja doch auf die Schliche gekommen, oder?"

Anatole zog sein Taschentuch heraus und drückte es einige Sekunden auf sein Gesicht. „So würde ich das nicht formulieren."

„Sondern?"

„Nachdem sie alle ihre … Angelegenheiten geregelt hatte, ging sie zu einem Notar, vermachte ihr

Haus, den Hof und ihren herrlichen Garten ihrer Nichte Aurelia und bat ihn dann, die Polizei zu rufen. Sie legte ein umfassendes Geständnis ab und wurde in eine Zelle gebracht, wo man sie am nächsten Morgen tot auffand."

„Auch Selbstmord?"

„Sie hinterließ Briefe, einen für ihre Schwester und einen für ihre Nichte. Darin schilderte sie, dass allein der Gedanke an ihren Mann sie am Leben erhalten habe. Und daran, dass sie ihm Gerechtigkeit verschaffen würde. Aber mit jedem weiteren Mord war ihr mehr und mehr bewusst geworden, dass sie ihren Arno dadurch auch nicht wieder bekommen würde."

„Also hat sie sich auch irgendeine Pflanze aus ihrem Garten einverleibt."

Anatole schüttelte den Kopf. „Man hat nichts gefunden. Nichts bei ihr, nichts in ihr. Kein Anzeichen, dass sie sich vergiftet hätte. Im Gegensatz zu den Leichen, die sie auf ihrem Weg hinter sich gelassen hat. Da hatte der Gerichtsmediziner ganz schön was in seinen Bericht zu schreiben." Anatole kicherte.

„Aber," Wolfgang überlegte. „woran ist sie denn dann gestorben? So unmittelbar nach ihrer

Verhaftung."

„Wie ich sagte." Anatole ließ sich vor dem Grab auf ein Knie nieder. „Meiner Meinung nach an gebrochenem Herzen, weil der Weg, den sie beschritt, sie nicht zu dem Ziel geführt hat, das sie vor Augen hatte."

Der alte Mann fischte mit einer Hand ein paar vertrocknete Herbstblätter, die der Wind herbei geweht hatte, aus den Zweigen der Buchshecke, warf sie beiseite und erhob sich.

„Ich habe Aurelia vorhin unter deinen Trauergästen gesehen. Bist du mit ihr befreundet?"

„Naja, befreundet." Ein Windstoß blies durch die Gräberreihe und ließ Wolfgang erschauern. Während er seine Ärmel wieder herunterkrempelte und die Manschetten zuknöpfte, sagte er: „Wir haben zusammen studiert. Aurelia, Lena und ich. Auch mal zusammen für Prüfungen gebüffelt. Liegt Aurelias Vater nicht auch irgendwo hier rum?"

„Am Tag, als der Respekt verteilt wurde, bist du im Bett geblieben, was?" zischte Anatole und ging zwischen den Gräbern hindurch.

Wolfgang verdrehte die Augen, zog sein

Jackett wieder an und ging hinter dem Totengräber her.

Auf einem Grabstein aus weißem Marmor war zu lesen *Univ. Prof. Dr. Julianus Maximilian Keiser* und *Das unentdeckte Land, von des Bezirk kein Wandrer wiederkehrt.*

„Den hatte doch irgendwann Anfang des Jahres sein Mitarbeiter gekillt, richtig? Und ist DER nicht dann in der Klapse gelandet?"

Anatole seufzte. „Wenn du das so sagen willst."

„Haben Sie eine Ahnung, was da genau gewesen ist? In der Zeitung stand, er sei direkt nach dem Mord zur Uni gefahren und dort ganz einfach durchgedreht."

„Warum hast du nicht Aurelia gefragt?"

„Aurelia war zu der Zeit verständlicherweise nicht ansprechbar. Und später wollte ich dann auch nicht mehr davon anfangen."

„Aber du wüsstest es schon gerne, nicht wahr?"

„Warum nicht? Wissen Sie was drüber?"

Anatole nickte. „In der Tat, mein Junge, in der Tat."

*13. Juli 1959
+15. März 2019

Univ. Prof. Dr.
Julianus Maximillian
Keiser

Das unentdeckte Land,
von des Bezirk kein
Wandrer wiederkehrt

© Inge Vogt 2020

Kapitel 6 - Zu Philippi will ich denn dich sehn

Sein Atem ging schwer. Schweiß stand ihm auf der Stirn. Mühsam ging Markus einige Schritte ins Freie, lehnte sich mit dem Rücken gegen die Hauswand und betrachtete das blutige Messer in seiner zitternden, mit schwarzem Leder bekleideten Hand.

Er sah an sich herab und beobachtete für ein paar Momente fasziniert das dunkelrote Glitzern auf seiner Jacke im zarten Licht der Mittmärz-Morgensonne. In der nächsten Sekunde ließ er das Messer fallen, stürzte unter einer Magnolie auf Knie und Hände und übergab sich.

In seiner Fantasie war alles viel leichter gewesen. In seiner Fantasie hatte sich der ältere Mann schweigend und ohne Gegenwehr seinem Schicksal ergeben. In Wirklichkeit aber hatte Universitätspräsident Professor Dr. Keiser nach der ersten Schrecksekunde, als er Markus und dessen Absicht erkannt hatte, um Hilfe geschrien!

Niemand würde ihn hören, dessen war sich Markus vorher bereits sicher gewesen, als er sich dem

Haus seines Vorgesetzten näherte, das weit genug vom benachbarten Grundstück entfernt war. Es war früh am Morgen. Der Zeitungsbote hatte kurz zuvor das aktuelle Blatt geliefert, Keisers Ehefrau Elisabeth war auf ihrem halbjährlichen Wellnessurlaub zusammen mit ein paar anderen Professoren-gattinnen, und der Chauffeur würde erst in anderthalb Stunden auftauchen, um den Professor abzuholen und ihn zum Universitätssenat zu fahren, wo er heute – mal wieder – eine seiner ach so visionären Reden halten würde.

Markus hatte in der Nähe der Haustür gewartet, bis Professor Dr. Keiser – bereits komplett in schickem Anzug und teuren Schuhen – die Tür geöffnet hatte und einen Schritt heraus gekommen war, um seine Tageszeitung aus der eigens dafür vorgesehenen Rolle unterhalb des überdimensio-nalen Briefkastens hereinzuholen.

Keiser war aus der Tür herausgetreten, halb in Richtung Briefkasten gedreht, hatte dann aber Markus auf der anderen Seite des Eingangsbereiches entdeckt. Und das Messer in dessen Hand.

Des Professors darauffolgende heftige

Reaktion hatte Markus aus dem Konzept gebracht, und er war fast zu langsam gewesen. Sein eigenes Zögern hatte dem Professor die Gelegenheit gegeben, zu schreien, einen Schritt rückwärts ins Haus zu machen und mit seiner Aktentasche, die schon griffbereit auf einem Tischchen neben der Tür gestanden hatte, nach Markus zu schlagen. Fast wäre diesem dabei das Messer aus der Hand gefallen!

Dann aber hatten Panik und Wut von Markus Besitz ergriffen. Er hatte seinen alten Doktorvater mit der freien Hand weiter ins Haus gestoßen, ihn gegen die Wand in der Diele gedrückt und zugestochen, zugestochen, einundzwanzig-, zweiundzwanzig-, bestimmt dreiundzwanzigmal.

Nun kniete er hier, von seines Dienstherrn Blut bepurpurt und zitternd neben seinem eigenen Erbrochenen und war den Tränen nahe. Warum eigentlich? Der erste Schritt seines Planes war doch geglückt. Und damit zugleich der entscheidendste und schwierigste. Er musste sich jetzt einfach nur zusammenreißen.

Er stand auf und atmete ein paarmal tief durch die Nase ein. Die kalte Morgenluft half ihm, seine

Gedanken zu sortieren.

Er zählte innerlich bis drei, dann zwang er sich, wieder ins Haus zu gehen, in die Innentaschen des Toten zu greifen und seine Brieftasche und das Mobiltelefon herauszuholen. Ein Raubmord sollte es gewesen sein! Kurzentschlossen nahm er auch die zu Boden gefallene Aktentasche an sich.

Markus überlegte. Sollte er sich zumindest das Untergeschoss des Hauses auch noch vornehmen? Er fluchte tonlos. Wo würde ein Raubmörder erwarten, im Haus eines Universitätsprofessors Wertsachen zu finden? Würde er einen Safe suchen? Und wieviel Zeit würde er höchstens dafür aufwenden? Darüber hatte Markus sich im Vorfeld überhaupt keine Gedanken gemacht.

Er sah sich ein paar Minuten im an die Diele grenzenden Wohnbereich und der Küche um und wischte hier und da etwas von einer Anrichte oder einem Tisch. Er warf ein paar Bücher aus den Regalen auf den Teppich, riss ein paar Schubladen auf, wühlte darin herum und zog den Inhalt heraus, so dass dieser sich auf dem Boden verteilte. Er fand jedoch nichts, was mitzunehmen sich gelohnt hätte.

Er verließ das Haus, hob das Messer auf und ging zum Tor hinunter. Vorsichtig blickte er nach rechts und links. Er war immer noch allein, wie erwartet. Er lief zu seinem Auto, das er einige Meter entfernt auf der asphaltierten Einfahrt zu einem Waldweg geparkt hatte.

Er zog den rechten Handschuh aus und öffnete den Kofferraum, in dem sich einige blaue Müllsäcke befanden. In einen davon steckte er das Messer, des Professors Aktentasche, die Brieftasche und das Telefon. In einen anderen stopfte er seine Handschuhe und Jacke. Diesen ließ er Schuhe, T-Shirt und Jeans folgen und zog frische Kleidung an.

Als Markus endlich hinter dem Steuer seines Wagens saß, merkte er, wie stark er noch schwitzte. Nach Hause zu fahren und zu duschen fehlte ihm jedoch die Zeit. Um Viertel nach Neun begann seine Vorlesung, zu der er nicht zu spät kommen durfte. Um die gefährliche Fracht in seinem Kofferraum würde er sich erst heute Abend kümmern können.

Auf der Fahrt zur Universität ging Markus in Gedanken noch einmal alle Eventualitäten durch. War die Gefahr nun endgültig gebannt? Hatte Professor

Keiser sein brisantes Wissen, mit dem er Markus zu erpressen versucht hatte, möglicherweise irgendwo schriftlich niedergelegt? Oder hatte er das Wissen um die Tatsache, dass seine eigene verheiratete Tochter ein Verhältnis mit einem Dekan seiner Universität hatte, noch dazu dem seiner eigenen Fakultät, mit ins Grab genommen?

Das zumindest hoffte Markus. Nun würde niemand mehr versuchen, ihn zu zwingen, seine Position und vielversprechende Karriere aufzugeben, seine Alma Mater, seine Geliebte und seine Heimatstadt zu verlassen.

Markus fuhr auf seinen Parkplatz vor dem Gebäude der Philologischen Fakultät, stellte den Motor ab und schloss die Augen.

Jetzt galt es, Ruhe zu bewahren. Niemand ahnte etwas. Niemand würde einen Zusammenhang sehen. Professor Keiser hatte sich sicher niemandem anvertraut. Auch Aurelia hatte keine Ahnung, dass ihr Vater über sie beide Bescheid wusste. Das hatte Markus durch vorsichtiges Nachfragen bei ihrem letzten Treffen zwei Tage zuvor herausgefunden.

Er atmete tief ein und öffnete die Augen. Sein

Blick fiel auf den Rückspiegel, und auf die Reflexion darin! Das bleiche Gesicht Professor Keisers! Er stieß einen Schrei aus und warf sich herum.

Nichts. Der Rücksitz war leer.

Markus schluckte ein paarmal, aber sein Mund fühlte sich plötzlich sandig und trocken an. Er schüttelte den Kopf und zwang sich zur Ruhe. Schnell stieg er aus und zog dabei seine Aktentasche vom Beifahrersitz mit sich. Er schloss die Autotür und verriegelte den Wagen.

Er sah an sich hinunter und erstarrte. Von der zerschrammten und verkratzten Aktentasche in seiner Hand tropfte Blut auf seine Schuhe. Das war nicht seine Tasche, sondern die Professor Keisers! Wie war das möglich? Die hatte er doch in eine Tüte gesteckt und im Kofferraum verstaut!

Rasch lief er um seinen Wagen herum und griff nach dem Kofferraumriegel.

"Morgen, Professor Ruga!"

Markus wirbelte herum und ließ die Tasche fallen. Er blickte in die lächelnden Gesichter zweier Studenten, die sein Hauptseminar besuchten.

"Alles in Ordnung, Professor Ruga?" fragte der

größere der beiden jungen Männer, während der andere langsam auf Markus zu ging, sich bückte und ihm die Aktentasche reichte.

Markus starrte die Aktentasche an. Seine Aktentasche. Ohne Kratzer, ohne Blut, dunkelbraun, nicht schwarz wie die des toten Universitätspräsidenten.

"Professor?" Der kleinere Student hielt ihm immer noch die Tasche entgegen.

Langsam griff Markus danach. Er brachte ein gezwungenes Lachen fertig. "Ach, danke, meine Herren. Ich dachte … ich dachte, ich hätte etwas vergessen, aber ich habe mich doch geirrt. Ich sehe Sie dann heute Mittag."

Die beiden Studenten lächelten gequält und gingen schweigend weiter zum Hörsaalgebäude.

Markus betrat schnellen Schrittes den Korridor im Erdgeschoss der Fakultät, lief die Treppe in den ersten Stock hinauf und betrat die Herrentoilette. Erleichtert stellte er fest, dass sie leer war. Er stellte die Aktentasche auf dem Boden ab und drehte den Wasserhahn auf. Zunächst kühlte er sein aufs Neue schweißüberströmtes Gesicht. Dann spülte er sich den Mund aus, um den letzten Geschmacksrest von Erbrochenem loszuwerden.

Er richtete sich auf und sah in den Spiegel.

Hinter ihm stand Professor Keiser! Bleich und blutend!

Markus blieb der Schrei diesmal in der Kehle stecken. Er rannte los Richtung Tür und stolperte dabei über die Aktentasche. Ohne sich umzublicken, rappelte er sich auf, lief weiter und zerrte die Tür hinter sich zu.

Zitternd und nach Atem ringend blieb er an die Korridorwand gelehnt stehen.

"Geht es Ihnen nicht gut, Professor Ruga?"

Markus fuhr zusammen und sah sich seiner Sekretärin gegenüber. "Hach, Frau Marius. Nein, ich …"

Die Aktentasche! Er hatte sie in der Toilette gelassen! Er musste noch einmal dort hinein! Alleine? Er konnte wohl kaum seine Sekretärin bitten, ihn auf die Herrentoilette zu begleiten. Er hatte sich bis jetzt schon verdächtig genug verhalten.

"Oh, warten Sie mal bitte kurz?" bat er sie.

"Selbstverständlich, Herr Professor."

Langsam öffnete er die Toilettentür, stückweise, bis er in den großen Raum mit den Spiegeln und Waschbecken hineinsehen konnte. Da lag seine Tasche. Von Professor Keiser keine Spur. Er riss die Tür vollständig auf, sprang hinein, griff nach seiner Aktentasche und war bereits wieder auf dem Korridor, noch bevor sich die Tür überhaupt hatte schließen können.

Frau Marius sah ihn fragend an. "Was kann ich denn für Sie tun, Professor Ruga?"

"Ach, lassen Sie mal gut sein. Das hat noch Zeit bis nachher. Aber wenn ich aus der Vorlesung komme, dann würde ich mich über einen starken Kaffee sehr freuen."

"Aber gerne, Herr Professor. Wollen Sie nicht vielleicht sofort eine Tasse …?"

"Nein, danke, ich bin schon spät dran," antwortete Markus, während er bereits wieder den Korridor entlang hastete.

Im Hörsaal angekommen, schwang Markus seine Aktentasche auf das Pult, öffnete sie und entnahm ihr seine Vorlesungsnotizen. Er schloss die Tasche und stellte sie neben dem Pult ab.

Er warf einen Blick auf die Uhr. Vierzehn Minuten nach Neun. Er schaltete das Mikrofon ein und holte tief Luft.

"Guten Morgen, meine Damen und Herren." Sein Mund war immer noch trocken. Er leerte das bereitgestellte Glas Wasser in einem Zug, bevor er fortfuhr.

"Wir haben uns letzte Woche mit der Frage befasst, ob das Erscheinen des blutigen Dolches und von Banquos Geist bei Macbeths Krönungsmahl eher Zeichen aufkeimenden Wahnsinns oder übernatürliche Phänomene ..."

Mit einem Mal war Markus' Gehirn leer. Dort, in der zweiten Reihe, saß Professor Keiser. Bleich, blutig und den starren Blick auf ihn gerichtet.

Markus kniff die Augen zusammen. *Jetzt nur nicht durchdrehen*, zwang er sich zu denken. Er öffnete die Augen. Der Sitz in der zweiten Reihe war leer.

"Professor Ruga?" Eine Studentin in der ersten Reihe hatte die Hand gehoben. "Entschuldigung, Professor, aber Macbeth haben wir doch vor einigen Wochen schon abgeschlossen. Wir wollten doch heute über die Gemeinsamkeiten und Unterschiede in den inneren Konflikten von Hamlet und Brutus sprechen."

Markus begann, in seinen Papieren zu wühlen. Wie konnte er sich nur so irren? Natürlich hatte sie Recht.

Er räusperte sich. "Selbstverständlich. Hamlet. Brutus. Wie auch Macbeth haben Hamlet und Brutus Blut an den Händen. Aber warum ist uns Hamlet sympathischer als Macbeth? Warum haben wir Mitleid mit Brutus, aber schütteln über Hamlet den Kopf? Was hat sie zu den Taten getrieben, die sie …"

Der tote Keiser! Da saß er wieder, nun auf der anderen Seite des Hörsaales weiter oben!

Das bildest du dir ein! Rede weiter! "Brutus," Markus schluckte. Das Sprechen fiel ihm schwer, "hatte keine Wahl. Er musste Caesar töten. Sonst wäre alles rausgekommen."

Verschwommen sah Markus, wie einige Studenten einander anschauten, den Kopf schüttelten, die Stirn runzelten.

Das hatte er jetzt nicht wirklich gesagt, oder?

"Sonst wäre," begann er erneut, "die Republik

zugrunde ..."

Entsetzt taumelte Markus vom Rednerpult zurück. Dort lag sein Messer, blutglänzend, zwischen seinen Notizen.

Er sah auf, und dort, links außen neben der ersten Reihe, stand Professor Keiser und starrte ihn an. Markus wich an die entgegengesetzte Wand des Hörsaales zurück.

Einige Studenten standen auf, manche näherten sich ihm, andere begannen, langsam die Stufen zu den Türen hinaufzusteigen.

Eine der Türen öffnete sich. Drei Männer und eine Frau traten ein. Zwei der Männer trugen Uniformen. Polizei! Und die Frau ...

"Aurelia!" Markus dachte nicht daran, dass er sie offiziell eigentlich gar nicht kennen durfte, sondern rannte die Stufen hinauf, auf sie zu.

"Das ist er, Herr Kommissar," sagte die junge Frau zu dem Mann ohne Uniform. "Ich habe sein Auto erkannt, als er auf dem Weg zum Haus meines Vaters an mir vorbei fuhr. Ich wollte nach Vater sehen, weil ich so eine merkwürdige Vorahnung hatte. Aber dort fand ich ... Ich kam zu spät!" Schluchzend wandte sie sich ab.

Markus wurde schwindelig. Er drehte sich herum und schaute in den Hörsaal hinab. Dort, am Rednerpult, sah er, bevor die Dunkelheit ihn umfing, Professor Keiser, geschmückt mit Blut, dem edelsten der Welt, lächelnd.

Kapitel 7 – Qual

„Wahnsinn. So ein irrer Typ. Moment,"
Wolfgang stutzte, „Markus RUGA? Hat der was mit
den beiden Pfarrern zu tun?"

Anatole nickte. „Markus ist der Sohn von
Clemens, dem jüngsten der drei Ruga-Brüder. Dem
einzigen, der einen weltlichen Beruf ergriffen hat. Er
übernahm die Kanzlei des Vaters und wurde Notar."

Wolfgang lachte. „Die anderen hätten ja auch
Schwierigkeiten gehabt, das Geschäft des Vaters zu
übernehmen!"

Anatole runzelte die Stirn. „Wie meinst du
das?"

„Naja, so als katholischer Geistlicher hat man
ja wohl kaum das ... Geschäft des ... Vaters ..."

Der alte Totengräber schaute den jüngeren
Mann böse an.

„Ich möchte dich etwas fragen. Hast du in
deinem Leben jemals jemanden verloren, der dir
wirklich etwas bedeutet hat? Ich weiß, in dem Sarg
dort hinten liegt deine Ehefrau. Aber dein Verhalten
zeugt nicht gerade von Trauer. Von Verlustschmerz.

Kennst du das Gefühl überhaupt?"

„Wissen Sie was? Ich bin Ihnen keine Rechenschaft über meine Gefühle schuldig. Woher wollen Sie wissen, dass ich nicht trauere? Bloß weil ich hier mal einen Witz gerissen hab? Bloß weil ich nicht die ganze Zeit am Heulen bin? Ich zeige meine Trauer eben anders."

Anatole schüttelte den Kopf. „Wirklich? Also versuch einmal dir vorzustellen, es gäbe da diesen einen Menschen. Einen Menschen, der dir das Leben erst lebenswert macht, wie man so schön sagt. Einen Menschen, für den du sterben würdest. Alleine der Gedanke daran, diesem Menschen könnte etwas zustoßen, lässt dich fast den Verstand verlieren. Dieser Mensch ist dein erster Gedanke am Morgen, dein letzter am Abend. Dein Herz tanzt fast aus deiner Brust heraus, wenn du an das Lächeln dieses Menschen denkst, an seine Berührung, an seinen Kuss, seine Stimme.

Nur leider ist das nicht der Mensch, mit dem du verheiratet bist."

„Wollen Sie mir was unterstellen?" unterbrach Wolfgang den alten Mann.

„Lass mich ausreden. Die Welt dreht sich hier ausnahmsweise mal nicht um dich. Ich sage nur, stell es dir vor.

Es ist nicht der Mensch, mit dem du verheiratet bist, sondern jemand, der deinem Ehepartner ebenfalls nahe steht."

Anatole deutete auf einen mit einer Trauerweide verzierten Grabstein.

Wolfgang folgte der Geste des Totengräbers mit seinem Blick. „Das ist das Grab von Lenas Tante. Na und?"

„Woran ist sie gestorben?"

„Herzschlag, soweit ich weiß. Familie Steinthal ist anscheinend nicht mit starken Herzen gesegnet."

Anatole seufzte und fügte leise hinzu. „Vor allem nicht, wenn jemand nachhilft."

Hedwig

Steinthal

* 6.9.1954

† 23.9.2019

Kapitel 8 – Spannungsbad

Mit klopfendem Herzen beobachtete Holger von der anderen, dunklen Straßenseite aus, wie der geschlossene Zinksarg von zwei Männern aus seinem Haus getragen wurde. Sie bugsierten den Sarg durch das Gartentor hinaus und schoben ihn in den schwarzen Wagen, der vor dem Grundstück parkte.

Es hatte also funktioniert! Holger spürte, wie sich sein Atem vor Aufregung beschleunigte. Holger, der Bastler. Holger, der Hobby-Elektriker. Ein breites Grinsen eroberte seine Gesichtszüge. Schnell zog er sich in den Schatten der Platane zurück, unter der er stand. Er lehnte sich mit dem Rücken an den Stamm, schloss die Augen und atmete tief ein.

So wie er es in der Planungsphase oft getan hatte, stellte er sich auch jetzt noch einmal die Szene vor, die sich vor kurzem in seinem heimischen Badezimmer abgespielt haben musste.

Seine leider schon lange nicht mehr geliebte Frau Edith hatte sich, wie jeden Abend, auf ihr heißes Schaumbad in der Sprudelwanne vorbereitet. Das Glas Prosecco, die klassische Musik, die Kerzen.

Holger konnte alles vor sich sehen. Der Bademantel fiel zu Boden, erst ein, dann ein zweiter nackter Fuß versank im Schaum. Sie betätigte den Schalter, der das Wasser zum Sprudeln bringen sollte und dann …

Nun, diesmal wurde keine Luft ins Wasser transportiert, sondern Strom! Ein paar Kabel, die anders angeschlossen werden mussten, ein paar Vorkehrungen, damit nicht auf den ersten Blick auffiel, dass jemand an der Anlage hantiert hatte.

Holger hatte sorgfältig geplant und schließlich genau gewusst, was zu tun war. Es sollte immerhin wie ein Unfall aussehen!

Er stellte sich auch das Telefonat vor, das er später noch mit seiner Schwägerin Hedwig führen wollte. Mit der Schwester seiner … verstorbenen … Ehefrau.

„Ich habe eine Überraschung für dich, Schatz," würde er sagen. *„Wir können jetzt für immer zusammen sein!"*

Er lächelte. Wie lange hatten er und Hedwig nun schon ein Verhältnis, ohne dass seine Edith etwas ahnte? Sie war so eitel und von sich selbst überzeugt gewesen. Niemals hätte sie auch nur vermutet, dass schon vor einer Ewigkeit eine andere ihren Platz in seinem Herzen eingenommen hatte. Und in seinem Bett. Und dann auch noch ihre eigene Schwester, die ihr so gar nicht ähnlich war.

Holger holte noch einmal tief Luft und bereitete sich auf seinen Auftritt vor. Jetzt durfte er keinen Fehler machen. Er schob die Hände in die Manteltaschen, zog die Schultern hoch und marschierte über die Straße, auf das Tor zu seinem Grundstück zu.

Kurz davor blieb er stehen, scheinbar erschreckt vom Anblick des Leichenwagens, des Notarztes und der Polizisten, die kreuz und quer über die Straße, den Gehweg und das Grundstück spazierten.

Er zog die Hände aus den Taschen und packte den Notarzt, der dem Tor am nächsten stand und sich gerade mit einem Polizisten unterhielt, am Arm.

"Was ist hier los? Was ist passiert?" Holger lobte sich im Stillen selbst für seine ungeahnten schauspielerischen Qualitäten.

Bevor einer der beiden Männer antworten konnte, löste sich eine weibliche Gestalt aus dem grellen Licht des Hauseinganges und kam schluchzend auf Holger zugerannt. "Holger! Ach Holger! Es ist schrecklich!"

Er blieb verwirrt stehen. Hedwig? Wie konnte sie denn schon Bescheid wissen?

Die Frau kam näher und endlich konnte Holger sie deutlich sehen. Edith! Edith?

"Ach Holger, es ist so entsetzlich. Hedwig … sie kam vorhin her und war ganz aufgelöst. Sie wollte mir irgendetwas erzählen. Aber ich habe ihr angeboten," ein weiteres Schluchzen unterbrach ihre Rede, "sie sollte sich doch erst mal beruhigen, sich entspannen. Ich bot ihr an, an meiner Stelle das Bad zu nehmen."

Die Welt um Holger begann sich zu drehen und versank in Schwärze...

Kapitel 9 – Zeit

Wolfgang starrte den Grabstein ein paar Minuten mit offenem Mund an. Dann trat er einige Schritte von Anatole zurück. „Sie wollen damit sagen, dass Hedwig und Holger eine Affäre hatten? Holger? Mit seiner eigenen Schwägerin? Und dass er Hedwig umgebracht hat? Aus Versehen? Holger?"

„Was erstaunt dich daran?"

„Was mich … daran … Na, hören Sie mal! Sie behaupten hier das verrückteste Zeugs und fragen mich, weshalb ich erstaunt bin? Woher wollen Sie denn das alles überhaupt wissen?"

„Sagen wir, aus zuverlässiger Quelle." Anatole schmunzelte.

„Aus zuver… Das wird ja immer besser."

„Sie starb im Haus deines Onkels, richtig?"

„Lenas Onkel. Ja, und?"

„Was wollte sie dort?"

„Was soll diese Frage? Sie hat ihre Schwester und ihren Schwager besucht. Ist das verboten?"

„Natürlich nicht. Aber was glaubst du, war es, das sie ihrer Schwester erzählen wollte? Und was wäre gewesen, wenn Edith selbst wie gewohnt dieses Bad genommen hätte?"

Wolfgang starrte immer noch den Grabstein an und schwieg.

Anatole nickte. „Dann hätte der Kurzschluss in der Elektronik der Wanne Edith getötet und nicht Hedwig. So wie Holger es geplant hatte."

„Das können Sie nicht beweisen," flüsterte Wolfgang.

„Das habe ich auch nicht vor. Erinnerst du dich an unser Gedankenexperiment von vorhin? Stell dir nun vor, diesem Menschen, welcher nicht der ist, mit dem du verheiratet bist, der dir aber die Welt bedeutet, stößt etwas zu. Wie würdest du dich fühlen?"

Wolfgang senkte den Blick.

Anatole fuhr fort. „Kannst du dich in Holger hineinversetzen? Was muss in ihm vorgegangen sein? Wo ist er überhaupt? Ich habe ihn vorhin nicht bei Edith gesehen."

„Ich weiß es nicht," sagte Wolfgang leise. „Ich denke immer noch, das sind Ammenmärchen, die Sie mir hier auftischen. Aber das eine muss ich zugeben: Ich weiß tatsächlich nicht, wo Holger ist. Wenn ich mich richtig erinnere … war er auch gar nicht bei Hedwigs Beerdigung vor ein paar Monaten."

Anatole nickte und lief die Reihe der Grabsteine weiter entlang. „Im Grunde …" begann er, als er einen so heftigen Hustenanfall bekam, dass er stehenbleiben musste.

Wolfgang beobachtete den alten Mann angewidert. „Wäre es nicht Zeit, dass Sie mal langsam nach Hause gehen? Das klingt ja nicht gerade gut."

„Ich bin zu Hause, mein Junge," keuchte der alte Mann.

„Bitte?"

„Mach dir um mich keine Sorgen." Anatole atmete tief, aber behutsam ein. „Im Grunde spielt es gar keine Rolle, wie Holger zumute sein muss, wo auch immer er sein mag. Er ist ein Mörder. Auch wenn es nicht gerade eine völlig Unschuldige getroffen hat. *Das eben ist der Fluch der bösen Tat.*"

Wolfgang rollte mit den Augen und seufzte. „Aber wo Holger sich aufhält, davon haben Sie keine Ahnung? Allwissend wie Sie sind?"

„Ich weiß nur, was ich wissen muss, mein Junge. Und ich weiß, dass er nicht hier ist." Anatole war während dieser Worte langsam weitergegangen.

Vor einem Urnengrab unter einer Birke blieb er stehen.

Wolfgang war ihm in einiger Entfernung gefolgt. „Ach kommen Sie!" rief er, als er das Grab erkannte. „Ich habe keine Lust, mir von Ihnen jetzt auch noch Schauergeschichten über meine toten Schwiegereltern erzählen zu lassen. Ist auch gar nicht nötig. Ich weiß, was mit ihnen passiert ist. Immerhin ist meine Frau deswegen jetzt auch tot."

Ohne den Blick vom Grabstein abzuwenden, antwortete Anatole: „Du scheinst tatsächlich langsam selber zu glauben, was du da erzählst."

Wolfgang räusperte sich. „Wieso? So war es doch auch."

Anatole lächelte. „Die ‚Schauergeschichte über deine toten Schwiegereltern' ist aber wirklich interessant. Und sie endet auf keinen Fall so, wie du zu wissen glaubst."

„Und woher wollen SIE das wissen?"

„Alles zu seiner Zeit, mein Junge. Darf ich beginnen?"

„Von mir aus. Ich bin ganz Ohr."

Felsch

Doris
*8.1.1956
†12.6.2019

Rainer
*18.11.1956
†12.6.2019

© Inge Vogt 2020

Kapitel 10 – Neulich im Auto

"PASS AUF!"

Der Schrei seiner Ehefrau Doris ließ Rainer hart auf die Bremse treten. Beide wurden nach vorne in die Sicherheitsgurte gedrückt. Ein Blick in den Rückspiegel und das Ausbleiben der typischen Unfallgeräusche überzeugten Rainer, dass er Glück gehabt hatte. Der Wagen hinter ihm war weit genug entfernt gewesen.

'Es lebe der Sicherheitsabstand,' dachte er.

Vorsichtig senkte er den Fuß auf das Gaspedal und warf Doris einen bösen Seitenblick zu.

"Was war denn los, zum Teufel?" zischte er.

"Ich war sicher," antwortete Doris überzeugt, "dass der Wagen aus der Seitenstraße eben dir die Vorfahrt nehmen würde."

"Den Eindruck hatte ich nicht," erklärte Rainer. "Der stand doch schon still, bevor wir überhaupt in der Nähe waren."

"Das kannst du doch nicht wissen. Du hast doch nach vorne geschaut. Nicht zur Seite."

"Das gehörte in dem Augenblick aber auch

noch zu 'vorne', so weit entfernt wie wir noch waren."

"Und wenn der es sich anders überlegt hätte und einfach losgefahren wäre?" Doris drehte sich mit verschränkten Armen halb im Beifahrersitz zu Rainer herum. "Dann hätte es gekracht!"

Rainer seufzte. "Ja, dann hätte es gekracht. Aber in dem Fall wäre ER schuld gewesen. Wenn uns bei meiner Vollbremsung nach deinem hysterischen Schrei einer hinten draufgefahren wäre, dann hätte ICH Schuld gehabt. Eigentlich eher du."

Doris starrte ihren Mann an. "Ich? Ich hätte Schuld gehabt? Ich soll hysterisch sein? Du solltest dich mal hören. Ich verhindere, dass du einen Unfall baust und darf mich dafür auch noch beschimpfen lassen. Und GIB ACHT, DIE AMPEL WIRD ROT!"

Rainer biss die Zähne zusammen, hielt an der gerade rot werdenden Ampel, nahm den Gang heraus und versuchte, wenigstens sein linkes Bein zu entspannen, während er weiter durch die Windschutzscheibe auf die Ampel starrte.

"Du hast keinen Unfall verhindert," zischte er durch die Zähne, "weil die Gefahr gar nicht bestand. Du hast eher fast einen verursacht. Und, entschuldige bitte, dein Schrei WAR hysterisch."

"Dann gebe ich ab jetzt eben keinen Ton mehr von mir, wenn du alles so viel besser weißt und kannst." Beleidigt schaute Doris aus dem Seitenfenster.

'*Schön wär's*',' dachte Rainer, trat beim Grünwerden der Ampel auf die Kupplung, legte den ersten Gang ein und brauste mit quietschenden Reifen los.

"HACH," schrie Doris auf. "Was sollte DAS denn jetzt?" Waren da Mädchen am Straßenrand, bei denen du Eindruck schinden wolltest?"

'*Soviel zum Thema keinen Ton mehr*,' dachte Rainer, rollte mit den Augen und sagte, "Nein, ich will nur diese Fahrt schnell hinter mich bringen."

"Schnell?" Doris fuchtelte mit den Armen. "Schnell? Da haben wir's doch schon wieder. Du fährst dann so schnell, dass du in deinem Alter gar nicht mehr alles überblicken kannst, was um dich herum passiert. Du merkst ja nicht mal, dass der Typ da vor dir blinkt UND LANGSAMER WIRD! MANN! Und da willst DU MIR verbieten, mit aufzupassen."

"NOCH habe ich dir gar nichts verboten. Und

DU bist immer noch fast ein Jahr älter als ich."

"Ach, jetzt kommt wieder DIE Tour. Hättest sicher gerne eine Jüngere hier neben dir sitzen."

Rainers Hände krallten sich um das Lenkrad, und für einen Moment stellte er sich vor, es sei Doris' Hals. "Zumindest hätte ich gerne eine mit Führerschein neben mir sitzen, die sich auch ab und zu mal statt meiner ans Steuer setzt oder wenigstens weiß, in welchen Verkehrssituationen sie besser DIE KLAPPE HALTEN SOLLTE!"

"SCHREI MICH NICHT AN!"

Anstelle einer Antwort stieß Rainer zischend die Luft zwischen den Zähnen hindurch aus und atmete ein paar Mal tief durch.

Er genoss die Stille der folgenden Minuten und hoffte, dass Doris möglicherweise tatsächlich für den Rest der Fahrt die Klappe halten würde. Leider vergebens.

"Ich warte auf eine Entschuldigung," sagte sie zum Seitenfenster hin.

Rainer seufzte. "Weswegen DAS denn?"

"Du hast mich angeschrien und mich hysterisch genannt."

"Ich habe nicht DICH hysterisch genannt, sondern deinen völlig unbegründeten Aufschrei vorhin so bezeichnet," sagte Rainer so ruhig es ihm möglich war.

"Das ist dasselbe."

Rainer schwieg und war bemüht, sich auf den immer dichter werdenden Verkehr zu konzentrieren. Warum legte sie ihre Friseurtermine auch immer in die Zeit, wenn dickster Berufsverkehr herrschte? Warum konnte sie nicht den Bus nehmen? Den Bus, der nur einmal in der Stunde fuhr. Ja, ja. Warum waren sie nur auf dieses Dorf gezogen? War natürlich SEINE Idee gewesen. Bla bla.

Doris drehte sich zu Rainer herum. "Ich warte."

Rainer nickte. "Dann warte mal schön."

"Heißt das, du willst dich nicht entschuldigen?"

"Och, warum eigentlich nicht? Entschuldige, dass ich dich überall hin chauffiere, wann immer du es willst. Entschuldige, dass ich versuche, keinen Herzinfarkt oder Nervenzusammenbruch zu bekommen, weil du mir ständig in meine Fahrweise hineinquatschst und uns damit in alle möglichen gefährlichen Situationen bringst, die ohne dein

Gequatsche überhaupt nicht gefährlich wären. Entschuldige, dass ich versuche, uns beide gesund und lebendig zu DEINEN Terminen und wieder zurückzubringen."

Doris funkelte Rainer an. "Ach ja? DAS kann ich auch. Pass auf. Entschuldige, dass ich dir zwei Kinder geboren und großgezogen habe. Entschuldige, dass ich dein Haus in diesem Kuhdorf in Ordnung halte. Entschuldige, dass ich auf MEINE Karriere verzichtet habe, damit DU Familie UND Karriere haben konntest. Entschuldige, dass ich dir IMMER NOCH jeden DRECK hinterher räume und dir dein Essen vorsetze und die Wäsche mache, obwohl du pensioniert bist und ruhig mehr im Haushalt machen könntest. Stattdessen hängst du in letzter Zeit jeden zweiten Abend sonstwo mit deinen Saufkumpanen und vermutlich irgendwelchen Weibern rum. Da ist es doch wohl nicht zu viel verlangt, dass du mich AB UND ZU mal in die Stadt fährst. DU MUSST HIER LINKS!"

"Ich WEISS! Ich fahre hier nicht zum ersten Mal entlang!"

"Dann BLINK doch!"

'Ich dreh dich auch gleich auf Links,' dachte Rainer und bog von der Hauptstraße in eine nicht weniger befahrene Seitenstraße.

„Und überhaupt, die Kinder," wetterte Doris weiter. „Fragst du dich nicht manchmal, was sie zu ihrem Verhalten getrieben hat?"

„Welches Verhalten?" Die Frage war nicht nötig. Rainer wusste, was jetzt kommen würde. Jedes … verdammte … Mal.

„Den Jungen hast du schon vor JAHREN aus dem Haus getrieben, und meine Tochter … meine einzige Tochter … hat diesen KERL geheiratet. Nur, um von DIR wegzukommen. Na, sie wird schon sehen, was sie davon hat. Nichts aus dem Schicksal ihrer Mutter gelernt."

Rainer biss die Zähne zusammen und setzte den Blinker.

"Willst du etwa HIER schon parken?" moserte Doris. "Da muss ich ja noch ewig weit laufen."

"Aber das hier IST wenigstens ein Parkplatz. Wer weiß, ob wir noch näher an deinem Glatzenschneider dran überhaupt etwas finden."

"Glatzenschneider? Das ist mal wieder typisch

für dich! Ein Besuch beim Friseur könnte dir auch mal wieder nicht schaden. Aber für MICH musst du dich ja nicht mehr pflegen. FAHR WEITER!"

Stöhnend schaltete Rainer den Blinker, den er zum Einparken gesetzt hatte, wieder aus und fädelte sich unter dem Gehupe des nachfolgenden Verkehrs wieder ein.

"Bitte schön. Zufrieden?" grummelte er.

"Seit wann interessiert es DICH, ob ich zufrieden bin? STOPP! DA IST EIN FUSSGÄNGER!"

"JA! AUF EINEM ZEBRASTREIFEN, DEN ICH SCHON LÄNGST GESEHEN HATTE!"

"JETZT SCHREIST DU MICH JA SCHON WIEDER AN!"

Die Autos hinter ihnen begannen wütend zu hupen, als Rainer nicht sofort wieder anfuhr, nachdem der Fußgänger außer Sichtweite war.

"Nun halt doch nicht den ganzen Verkehr auf!" Doris stupste Rainer mit der Spitze ihres Zeigefingers in den Oberarm. "Außerdem komme ich zu spät zu meinem Termin."

Mit finsterem Blick setzte Rainer seine Fahrt fort.

"DA kannst du dich hinstellen." Doris fuchtelte mit dem Zeigefinger vor der Windschutzscheibe herum. "Da! Da vorne rechts!"

"Ich sehe, was du meinst," entgegnete Rainer müde. "Und siehst DU denn auch das hübsche runde blau-rote Schild da?"

"Ja, na und?"

"Das heißt, ich darf da nicht parken."

"Was soll denn da schon passieren, wenn du da parkst? WARUM FÄHRST DU DENN VORBEI?"

"Weil ich da NICHT PARKEN DARF! Pass auf," dozierte Rainer, während er seine Parkplatzsuche fortsetzte, "ich habe mich schon einige Male auf deine Parkwünsche eingelassen. Ein paarmal ist das gut gegangen, ein paarmal eben nicht. Da kam so eine böse Politesse und hat mir einen Strafzettel verpasst. Und das kostet Geld. Und wenn man das oft genug macht und dabei erwischt wird, dann gibt das Strafpunkte. Wie beim Fernsehquiz. Und wenn man genügend Strafpunkte gesammelt hat, dann darf man nicht mehr mitspielen. Und dann muss das arme Frauchen DOCH mit dem Bus fahren, wenn das Männe keinen Führerschein mehr hat."

'*MANN, bin ich bescheuert!*' dachte Rainer im gleichen Augenblick, in dem die Worte seinen Mund verlassen hatten.

Doris sah ihn wütend an. "Bist du jetzt fertig, mich wie ein Kleinkind abzukanzeln?"

Wortlos fuhr Rainer weiter und fand schließlich zwei Blocks vom angestrebten Friseurgeschäft entfernt einen legalen freien Parkplatz.

'*Feigling!*' schalt er sich in Gedanken, als seine Frau aus dem Auto ausstieg.

"Und mach keinen Blödsinn, während ich weg bin," sagte Doris noch, bevor sie die Tür zuknallte.

Rainer ließ das Fenster herunter, was während der Fahrt strikt verboten war, kippte den Sitz ein wenig zurück, lehnte den Kopf an die Stütze und schloss die Augen.

Er seufzte, dann kicherte er. '*Jetzt ist es mir tatsächlich ZU still.*'

Er schaltete das Radio ein, was ebenfalls ansonsten nicht gestattet war, lediglich, darauf hatte Rainer bestanden, um den Verkehrsfunk auf längeren Strecken zu verfolgen.

'*… gegebenem Anlass warnt die Kriminalpoli-*

zei Einzelpersonen vor dem Durchqueren des Heidelanger Forstes nach Einbruch der Dunkelheit. Am heutigen Dienstagmorgen fanden Jogger erneut eine Frauenleiche in der Nähe des Seeufers. Somit erhöht sich die Zahl der im Heidelanger Forst ermordet aufgefundenen Frauen auf vier...'

Rainer wechselte den Sender einige Male, bis er klassische Musik fand. 'Schrecklich,' dachte er. 'Vier Stück. Diese armen Frauen. Ehefrauen. Mütter.'

So etwas Furchtbares! Eine nach der anderen! Vier Stück! Und die Polizei bekam nichts auf die Reihe. Gerade heute Morgen hatte er in der Zeitung gelesen, dass es noch keinerlei Hinweise gab, dass die SOKO HeiFo noch komplett im Dunkeln tappte.

Er schüttelte den Kopf. Wie konnte das sein? Bei all diesen tollen technischen Möglichkeiten heutzutage.

Alle vier Frauen waren laut der Zeitungsberichte erwürgt worden. Weitere Details waren aus 'ermittlungstechnischen Gründen' nicht veröffentlicht worden.

'Einfach so,' überlegte Rainer und begann, mit

beiden Händen das Lenkrad zu kneten, während seine Gedanken zur hinter ihm liegenden Autofahrt mit Doris schweiften.

Zu dieser und so vielen anderen Autofahrten mit Doris.

Zu glücklicheren Zeiten mit Doris.

Hatte es die gegeben?

Rainer nickte. Die hatte es wohl einmal gegeben. Aber irgendwann hatte sie begonnen, zu dem zu werden, was sie jetzt war. Eine nervige, zickige, misstrauische, eifersüchtige Matrone, die eigentlich mehr mit sich selbst als mit ihrer Umwelt unzufrieden war. Aber die Umwelt musste darunter leiden. Kein Wunder waren die Kinder von daheim ausgezogen, als sich die erstbeste Gelegenheit bot. Doris war mit den Jahren unerträglich geworden.

Und er? Warum ertrug er es noch mit ihr?

Seine Hände begannen wieder, mit dem Lenkrad zu spielen. Erst sanft, dann fester, bis schließlich seine Knöchel weiß hervortraten und seine Finger schmerzten.

Vielleicht war es ja wirklich nicht so schwer ... bei Doris ...

Ein kalter Schauer lief ihm den Rücken hinunter, und er schloss das Fenster.

Der Gedanke war ihm schon lange nicht mehr fremd. Nichtsdestotrotz erschreckte er ihn jedes Mal aufs Neue.

Wie oft hatte er sich vorgestellt, wie es wohl wäre, wenn Doris nicht mehr da wäre. Wenn ihr irgendetwas … zustieße.

Ehefrau und Mutter war Doris doch schon lange nicht mehr. Jedenfalls sicher nicht so wie diese armen ermordeten Frauen, sondern nur noch eine Furie, die ihn tagtäglich mehrfach mittlerweile schon weiter als nur an den Rand seiner Geduld brachte.

Diese vier armen Frauen hatten sterben müssen, und so etwas wie Doris durfte leben.

Rainer hatte nicht bemerkt, dass er wieder dabei war, sein Lenkrad zu kneten. Die Haut über seinem linken Zeigefingerknöchel hatte einen Riss bekommen und zu bluten begonnen. Er lockerte die Finger und betrachtete die hauchdünne rote Linie.

Rot wie die Lippen der Wirtin seiner Stammkneipe, in deren Arme Doris ihn … noch … nicht getrieben hatte.

Je größer die Anzahl der Ungeheuerlichkeiten derer Doris ihn beschuldigte, umso mehr fand er Trost in der Tatsache, dass er sich nichts hatte zuschulden kommen lassen. Er würde sich niemals etwas zuschulden kommen lassen!

Er schnaubte, als er wieder Doris' Stimme hörte. *Das ist mal wieder typisch für dich!* Das stimmte wohl. Andere Männer hätten sich schon längst in andere Arme, andere Betten geflüchtet. Wenn auch nur aus Trotz. Aber sein Ding war das nun mal nicht. Gerade aus Trotz blieb er wohl bei Doris. Den Gefallen wollte er ihr nicht tun.

Aber allmählich war Rainer sich nicht mehr ganz so sicher, wie lange er sich noch würde zurückhalten können, bevor er eines Tages – ohne Doris – in sein Auto steigen und losfahren würde. Einfach nur fahren. Ohne konkretes Ziel. Nur weg. Solange bis der Tank leer war. Und dann würde er einfach im Auto sitzen bleiben und die Stille genießen.

Die Stille?

Es war nicht still. Nicht in seinem Kopf. Würde es nie sein. Immer noch hörte er Doris' Stimme.

Fahr nicht so dicht auf! Wie willst du denn noch

reagieren, wenn der plötzlich bremst?

Hast du gesehen, was für eine junge Schlampe der alte Knacker da in seinem Cabrio neben sich sitzen hatte? Hättste wohl auch lieber, was? Na? Haste dir schon eine ausgesucht, die gleich am nächsten Tag einzieht, sobald ich krepiert bin?

Ein stechender Schmerz fuhr durch Rainers Finger.

Zwei weitere Knöchel bluteten. Er hatte Mühe, die Hände, die sich um das Kunstleder gekrampft hatten, vom Lenkrad zu lösen.

Er verzog das Gesicht, während seine Hände Lockerungsübungen machten, und die Finger vorsichtig in der Luft Klavier spielten.

Er sah auf die Uhr. Fast schon eine Stunde. Wo war nur die Zeit geblieben? War er eingenickt?

Erneut schaltete Rainer das Radio ein.

'… die Polizei noch keine Hinweise auf einen mutmaßlichen Täter. Washington. Die Friedensver-handlungen im Nahen Osten …'

Rainer lächelte bitter. Noch gar keine Hinweise? Bei vier Morden? Na dann …

Nette Frauen waren das sicherlich gewesen.

Harmlose Joggerinnen.

Bei zwei von ihnen war der Schlag auf den Hinterkopf nicht heftig genug gewesen, um sie sofort bewusstlos werden zu lassen. Sie hatten um ihr Leben gefleht, nur halb bei Sinnen.

Eine hatte sich beinahe zu stark gewehrt. Fast hätte er von ihr abgelassen.

In der Ferne sah er Doris' kräftige Figur sich mit schnellen Schritten auf ihn zu bewegen. Er seufzte.

Vermutlich hatten die beiden Frauen, die nicht durch den Schlag mit seinem Wagenheber das Bewusstsein völlig verloren hatten, sich in ihren letzten Augenblicken gewundert, warum er sie 'Doris' nannte, während sein tödlicher Griff um ihren Hals ihnen keine Chance ließ, auch nur einen Gedanken nach dem Warum zu formulieren.

'Bald hast du es überstanden, Doris. Dann musst du mich und meine Fahrkünste und dein langweiliges Leben nicht mehr ertragen, Doris.'

Rainer grinste und knetete gedankenverloren sein Lenkrad, während Doris die Beifahrertür aufriss. "Jetzt sag bloß, du hast die ganze Zeit nur hier herumgehockt?"

Sie ließ sich auf den Sitz fallen und knallte die Tür zu. "Da drüben ist ein Supermarkt. Warum hast du nicht ein paar Lebensmittel eingeholt? Nun darf ich das irgendwie morgen früh machen. Na, da kannst du mich ja dann ruhig wieder hier heraus fahren."

Sie betrachtete ihn, wie er lächelnd durch die Windschutzscheibe hinaus starrte. "Worauf wartest du noch? Lass uns fahren. Es wird gleich dunkel. Und warum grinst du so bescheuert? Hast wohl die ganze Zeit wieder irgendwelchen Weibern hinterhergeglotzt."

"Oh nein, mein Schatz," Rainer ließ den Motor an. "Ich habe die ganze Zeit nur an dich gedacht."

Während er aus der Parklücke herausfuhr und sich behutsam in den Verkehr einfädelte, beschloss Rainer, dass er nun endlich soweit war, zusammen mit Doris – seiner echten und zum Glück einzigen Doris - einen klitzekleinen Umweg über den Heidelanger Forst zu machen ...

Kapitel 11 - Dunkelheit

Wolfgang schaute den alten Totengräber ungläubig an. „Jetzt mal GANZ langsam. Sie wollen behaupten, dass Lenas Eltern NICHT beide von demselben irren Serientäter gekillt wurden? Sondern dass Rainer Doris selbst …" Wolfgang lachte. „Dieser alte Hund. Wer hätte ihm das zugetraut? Zugegeben, Doris war ein Stinkstiefel. Eine Klischeeschwiegermutter wie sie im Buch steht. Oder stand."

„Hast du das wirklich geglaubt? Doris wurde erwürgt. Wieso sollte der gleiche Täter deinen Schwiegervater dann so zurichten, wie er es getan hat? Und wie stellst du dir das vor? Die beiden wurden am gleichen Ort gefunden. Die Leichen waren nicht bewegt worden. Also starben sie beide dort. Hat dein Schwiegervater dabei seelenruhig zugesehen, wie seine Frau erwürgt wurde? Oder deine Schwiegermutter, wie jemand ihren Mann auf diese Weise umbringt, ohne dass sie schreiend wegläuft?"

„Naja," Wolfgang überlegte. „Er könnte ja einen Killer angeheuert haben. Dann hat er Doris in den Forst gelockt und, wie Sie sagen, seelenruhig zugesehen."

„Und dann?"

„Tja … dann … hat der Killer Angst gekriegt, dass Rainer ihn doch verpfeift und ihn auch beseitigt."

„Und warum hat der … Killer … nicht sofort bei beiden die Kettensäge geschwungen?"

„Wenn es der gleiche war, der die anderen Frauen im Heidelanger Forst erwürgt hat, dann gibt ihm das anscheinend einen Kick."

Anatole schüttelte den Kopf. „Ein Auftragsmörder, der immer im gleichen Gebiet mordet? Ein bisschen sehr unprofessionell, findest du nicht?"

„Ach, was weiß ich. Auf jeden Fall … dieses merkwürdige Jahr hat, ähm, der armen Lena und ihrem schwachen Herzen wohl den Rest gegeben. Erst das mit ihren Eltern und dann das mit Hedwig."

„So so. Das schwache Herz. Fragst du dich eigentlich manchmal, was aus dem Bruder deiner … verstorbenen Frau geworden ist?"

Wolfgang zuckte mit den Schultern. „Warum sollte ich? Es interessiert mich nicht besonders. Er war weder auf der Beerdigung seiner Eltern noch auf Hedwigs, und heute war er auch nicht hier. Vielleicht wusste er auch gar nichts von all dem. Vermutlich liest er keine Zeitung. Adresse oder Telefonnummer haben wir schon lange keine aktuelle mehr von ihm. Aber … wieso kommen Sie mir jetzt mit Vincent?" Wolfgang kicherte. „Liegt der etwa auch schon längst hier rum?"

Anatole schritt an der Grabreihe entlang und ging vor der Bodenplatte eines weiteren Urnengrabes in die Hocke.

„Nein. Er nicht," antwortete er. „Aber eines seiner Opfer."

Behutsam strich Anatole mit der Hand über die eingravierten Zeichen.

„Opfer? Versteh ich nicht. Wieso Opfer?"

„Was weißt du über den Mord an dieser Frau?"

Wolfgang schüttelte langsam den Kopf. „Keine Ahnung, was da war."

Zum ersten Mal war Anatole kurz davor, die Fassung zu verlieren. „Was bist du nur für ein egozentrischer Mensch! Diese Frau hat auch hier gelebt! Sie war eine Nachbarin von dir! Sie war mit deiner Frau befreundet! Interessierst du dich überhaupt nicht für die Menschen um dich herum? Nicht einmal, wenn ihnen derartig Entsetzliches zustößt?"

„Ach was. Es gibt genug Waschweiber hier im Dorf. Das langt, wenn DIE sich die Mäuler über alle anderen zerreißen. Aber doch, Moment. Ich erinnere mich an sie."

„An was erinnerst du dich?"

„Klasse Figur."

Anatole schaute den jüngeren Mann eine Weile schweigend an. Dann drehte er sich um und ging zu einer Sitzbank, die gegenüber der Urnengrabreihe stand. Er setzte sich, lehnte sich zurück und streckte die Beine aus.

„Setz dich zu mir," befahl er.

„Wissen Sie," begann Wolfgang. „Ich sollte wirklich langsam zu meinen Gästen …"

„Die vermissen dich nicht. Setz dich."

„Ich bin sicher, dass die sich schon lange fragen, wo ich bleibe."

„Das tun sie nicht. Glaub mir. Setz dich!"

Wolfgang folgte der Aufforderung des alten Mannes zögerlich. „Wenn Sie meinen."

Olivia
Labenski

8. Februar 1984

-

19. Mai 2019

Kapitel 12 – Seelenhandel

Vincent blickte durch die zerbrochene Fensterscheibe hinauf. Zunächst genoss er es, sein Gesicht im bleichen Schein des fast vollen Mondes zu baden. Doch dann zuckte er zusammen. Bereits heute konnte er den beginnenden Schmerz des Verlangens spüren.

Wann hatte er die Veränderung zum ersten Mal gespürt? Zunächst war es nur eine Ahnung gewesen, wie eine Bewegung im Augenwinkel. Damals hatte er das Gefühl gehabt, nicht alleine zu sein. Nicht alleine *in sich* zu sein.

Dann kam dieser eine Morgen.

*

An diesem einen Morgen war er erwacht, und nur langsam war die Tatsache in sein Bewusstsein gedrungen, dass er sich nicht in seinem Bett befand.

Er hatte sich auf dem morgenfeuchten Moosbett eines Waldbodens wiedergefunden, mit zerrissener Kleidung und einem metallischen Geschmack im Mund.

Ihm war übel geworden, als er sich aufgesetzt

und umgesehen hatte.

Um ihn herum verteilt hatten die Überreste von etwas gelegen, das wohl einmal ein Kaninchen gewesen sein musste. Dunkles Blut hatte an seinem Hemd geklebt, seiner Hose, seinen Händen.

Er hatte sich zur Seite gedreht und sich übergeben. Blut und Fell waren in seinem Mageninhalt deutlich zu erkennen gewesen.

Entsetzt hatte Vincent sich auf die Füße gekämpft und sich an einen Baum gelehnt, um das Gleichgewicht nicht zu verlieren.

Ich habe es … GEFRESSEN! hatte er schockiert gedacht. *Warum? Und wo, zum Teufel, bin ich?*

Dann war die Erinnerung zurückgekehrt.

Die Erinnerung an das Verlangen, an den Hunger nach rohem, warmem Fleisch und nach dem Gefühl, seine Zähne in ein noch schlagendes Herz zu versenken und das stoßweise herauspulsierende, warme Blut seinen Rachen hinabfließen zu spüren.

Vorsichtig hatte er sich von dem Baum, an den gelehnt er gestanden hatte, abgestoßen und begonnen, einen Fuß vor den anderen zu setzen, zunächst mit zitternden Knien, dann allmählich immer sicherer.

Er war so lange gelaufen, bis die Gegend begonnen hatte, ihm bekannt vorzukommen. Weit von der Stadt entfernt war er nicht gewesen. Er hatte die Arme um den Körper geschlungen und war in gebückter Haltung losgerannt, um bei den wenigen Passanten, die ihm in dieser frühen Morgenstunde begegnen würden, mit seiner verschmutzten Kleidung nicht zu viel Aufmerksamkeit zu erregen.

Schließlich hatte er die Straße erreicht, wo das Mietshaus lag, in welchem er ein kleines Einzimmerapartment bewohnte.

In seiner Wohnung angekommen, hatte er sich seiner Kleidung entledigt und eine lange, heiße Dusche genommen.

*

Vincent betätigte die Toilettenspülung, durchquerte den stinkenden, gekachelten Raum und wusch sich die Hände in dem Rinnsal kalten Wassers, das mühsam ins fleckige Becken tröpfelte.

Die namenlose Frau, die draußen in der Kneipe auf ihn wartete, war schon in einem solchen Ausmaß betrunken, dass es ihm leicht fallen würde, sein Vorhaben in die Tat umzusetzen.

Natürlich war sie nicht namenlos. Aber er interessierte sich nicht für Namen. Sie hatte ihn wohl erwähnt, aber er hatte nur unverbindlich gelächelt, genickt und ihn gleich darauf wieder vergessen.

Er öffnete die Tür und bahnte sich seinen Weg durch die grölende, trinkende, taumelnde Menge zurück zum Tisch, an dem seine Bekanntschaft mittlerweile zusammen gesunken war, ihren Kopf zur Seite geneigt. Warum mussten diese Frauen immer so viel trinken, fragte er sich jedes Mal aufs Neue.

Dies war einer von vielen Abenden in den letzten knapp vier Wochen, an dem er diese Frau hier in der Kneipe gesehen hatte. Bei jeder dieser Gelegenheiten war sie allein hereingekommen, hatte eine Menge getrunken und gewartet, bis sich jemand - meistens, nicht immer, ein Mann - zu ihr gesellte, und hatte dann mit ihrer neuen Bekanntschaft das Lokal verlassen.

Sehr bald schon hatte Vincent beschlossen, dass heute Nacht er der Begleiter sein müsse.

*

Es war irgendwann im Frühjahr gewesen, als er das Kaninchen gerissen hatte. Vier Wochen später war es ein Fuchs gewesen. Und dann …

Dann hatte er sich Erlösung erhofft von einer Heimkehr in den Ort, in dem seine Eltern und seine Schwester lebten. Er war sogar mehrere Tage hintereinander in die Kirche von Pfarrer Ruga gegangen, jedes Mal mit der festen Absicht, zu beichten. Aber immer, wenn die Reihe an ihm gewesen wäre, hatte er die Kapuze seines Hoodies noch weiter ins Gesicht gezogen und war lautlos aus der hintersten Kirchenbank, in der er gekauert hatte, geglitten und in der beißenden Maisonne verschwunden.

Dann war er *ihr* begegnet.

Olivia war eine Freundin seiner Schwester. Sie hatte ihn niemals bemerkt, obwohl sie oft alle zusammen ausgegangen waren. Er, Lena, dieser komische Typ, den sie wahrscheinlich heiraten würde, Olivia und noch ein paar andere, an die Vincent sich kaum noch erinnerte. Genauso wie Olivia sich wohl kaum an Vincent erinnern würde.

Er hatte sie schon von fern gesehen, wie sie ihm entgegenkam, ihren Blick starr auf ihr Mobiltelefon gerichtet. Flink war Vincent ihr ausgewichen, hatte so getan, als sei die zehn Schritte entfernte Informationstafel an der Bushaltestelle äußerst interessant, und dann aus dem Augenwinkel beobachtet, wie sie in ihrem Wohnhaus verschwand.

Lange hatte Vincent an der Haltestelle gestanden und auf das Haus gestarrt.

Irgendwann hatte er begonnen, sich vorzustellen, wie es sich wohl anfühlen würde, wenn Olivia in seinen Armen lag, wie wohl ihr Blut schmecken und das Fleisch ihres Herzens sich zwischen seinen Zähnen anfühlen würde …

Er hatte den Schmerz und die Veränderung beginnen gespürt und einen Entschluss gefasst.

Er hatte seine Kapuze tiefer ins Gesicht gezogen und die Straße überquert …

*

"Komm." Vincent stand am Tisch und blickte auf die namenlose Frau hinab. Ohne Zweifel bereitete es ihr Mühe, ihn zu fokussieren, vielleicht sogar ihn wiederzuerkennen. Dabei hatte er höchstens fünf Minuten auf der Herrentoilette verbracht, um seine zitternden Hände zur Ruhe zu zwingen.

"Ich bring dich nach Hause," fuhr er fort.

Ihr Gesichtsausdruck zeigte Unverständnis. Also ergriff er ihren Arm, legte ihn um seine Schulter und zog sie hoch.

"Komm. Nach Hause," wiederholte er. Im Vorbeigehen drückte er der Kellnerin, die gerade gegen den unangemeldeten Aufbruch protestieren wollte, einen Geldschein in die Hand. "Stimmt so." Die Kellnerin ließ sie daraufhin ohne ein weiteres Wort oder einen Blick ziehen.

Draußen auf der Straße schien seine Begleiterin vergessen zu haben, in welcher Reihenfolge sie einen Fuß vor den anderen zu setzen hatte und fing an, hysterisch zu kichern. Mit aufeinander gepressten Kiefern zog er sie vorwärts.

Sie machte sich auch keine Gedanken darüber, wie er sie denn nach Hause bringen wollte, wenn er gar nicht wissen konnte, wo sie wohnte.

Sie merkte ebenfalls nicht, dass sie an zwei Bushaltestellen und einem von drei Fahrzeugen besetzten Taxistand vorbei liefen.

Genauso wenig bekam sie mit, dass sie irgendwann an schweren Eisentoren vorbei einen Park betreten hatten. Immer weiter schleppte er sie hinein ins Dunkel, zwischen die Bäume, gekieste Wege entlang.

Schwer atmend kamen sie schließlich an Vincents Ziel an.

Er setzte die junge Frau auf die Bank vor dem Gebäude. Vorsichtig beugte er sich über sie. Er lächelte. Ihr Gesicht sah im Mondschein noch bleicher aus. Ihr Atem ging schwer, ihre Brust hob und senkte sich schnell. Er betrachtete ihren halbgeöffneten Mund, der lautlose Worte zu formen schien. Er strich behutsam mit den Fingern ihr Haar beiseite, das ihr ins Gesicht gefallen war.

Rasch richtete er sich auf und betätigte die Nachtklingel an der Tür.

Eine Weile geschah nichts. Vincent war nicht überrascht angesichts der späten Stunde. Doch dann ertönte ein Knacken in der Gegensprechanlage und eine Stimme war zu vernehmen.

"Ja?"

Vincent trat näher an die Sprecheinrichtung und flüsterte: "Hier ist Vincent Felsch. Jakob, bist du das?"

„Ja. Was gibt's denn wieder, Vincent?"

„Ich habe hier wieder eine arme Seele, die Beistand benötigt. Ich fand sie mehrere Tage in Folge in besagtem Etablissement."

Jakob seufzte. "Ich verstehe. Bring sie herein." Ein Summen erklang von der Tür her, die im gleichen Moment langsam aufzuschwingen begann.

Vincent zog sich erneut den Arm der jungen Frau über die Schulter und hievte sie durch die Tür, die leise hinter ihnen ins Schloss fiel.

Als Vincent eine Viertelstunde später wieder hinaus in die kalte Nachtluft trat, waren seine Haare immer noch schweißverklebt. Er schloss die Augen und lächelte zufrieden.

Eine weitere Seele war gerettet.

Dies war nicht die erste junge Frau gewesen, die er aus einer jämmerlichen Lage heraus gerade noch rechtzeitig in diese Klinik gebracht hatte, in der er selbst, Verständnis für seinen Zustand erfahrend, immer wieder aufgenommen wurde.

Es war das mindeste, was er tun konnte, zog man die Art und Weise in Betracht, wie er zum ungezählten wiederholten Male die morgige Nacht, die Mitte des lunaren Zyklus, verbringen würde, und neben seiner eigenen mindestens eine weitere Seele mit ins Verderben reißen würde.

Er blickte hinauf zum bleichen Schein des fast vollen Mondes und konnte bereits den beginnenden Schmerz des Verlangens spüren.

Zu diesem Zeitpunkt wusste Vincent noch nicht, dass „das Andere", das seit einiger Zeit in ihm lebte, ihn am frühen Abend des nächsten Tages wieder nach Hause treiben würde.

Er wusste noch nicht, dass er im Heidelanger Forst, von Schmerzen und Hunger auf die Knie gezwungen, seine Eltern wiedersehen würde.

Er würde beobachten, wie seine Eltern aus ihrem Auto steigen würden, seine Mutter schimpfend und zeternd, wie er sie immer gekannt hatte, sein Vater schweigend, ertragend.

Und dann – würde sein Vater aufhören, zu ertragen. Er würde seine Stimme erheben, Worte von sich gebend, die seiner Ehefrau die Sprache verschlagen würden.

Und endlich die Hände seines Vaters um den Hals seiner Mutter.

Sie hatten in ihrem Streit nicht bemerkt, dass Vincent sie beobachtet und sich langsam genähert hatte.

Als er sah, wie seine Mutter leblos zu Boden fiel, bestand Vincent nur noch aus Wut und Hunger. Brüllend stürzte er sich auf seinen Vater ...

Kapitel 13 - Licht

„Ein Werwolf?" Wolfgang lachte schallend, ohne daran zu denken, an welchem Ort er sich immer noch befand. „Jetzt wollen Sie mich aber komplett verarschen. Das mit dem Teufel anfangs war ja schon starker Tobak. Aber das ist jetzt ernsthaft der Gipfel!"

„Nein, mein arroganter junger Freund. Kein Werwolf. Ein Lykanthrop."

„Ein was?"

„Ein Lykanthrop! Eine geplagte Seele, die das Empfinden hat, sich in einen Wolf zu verwandeln. Dieser Mensch *spürt* die Veränderung wirklich, obwohl sie in Wahrheit gar nicht stattfindet. Er *sieht*, wie das Fell auf seinem Körper wächst und seine Hände sich in Klauen verwandeln, obwohl nichts davon tatsächlich geschieht.

Er wird sich dann auch so verhalten, wie seine Erziehung und Bildung bis dahin in ihm das Bild eines Wolfes, von mir aus auch eines Werwolfes, hat entstehen lassen.

Er wird versuchen, auf allen Vieren zu laufen und möglicherweise auch zu jagen, um Fleisch zu bekommen."

Wolfgang stand auf und ging zum Grab zurück. „Und Sie meinen, Vincent hat Olivia ... was? Erbeutet? Gerissen?"

Anatole seufzte. „Ich möchte das gar nicht auf diese Weise sagen. Vincent erkrankte an einem Nervenleiden, das seine Empfindungen und Wahrnehmung seiner Selbst völlig gestört und verändert hat. Ich hoffe, es ist ihm mittlerweile gelungen, Hilfe zu bekommen."

Wolfgang schüttelte den Kopf. „Wie kommen Sie nur auf diese Geschichten? Sie sind schon lange Totengräber, nicht wahr? Da würde es mich nicht wundern, wenn die Fantasie mit Ihnen durchgeht, oder Sie ihre triste Tätigkeit mit ein paar Gedankenspielchen auflockern wollten."

Des Totengräbers Blick verfinsterte sich. „Meine Tätigkeit ist durchaus nicht trist, aber ich werde mir den Versuch ersparen, dir das zu erklären. Und mit Fantasie hat nichts von dem, was ich dir erzählt habe, etwas zu tun. Aber da du mir ja anscheinend immer noch nicht glaubst ... soll ich es dir beweisen?"

„Können Sie das?"

Schweigend drehte Anatole sich um und begann, den Kiesweg entlangzugehen.

Wolfgang folgte ihm und wünschte sich, er hätte seinen Mantel nicht im Auto gelassen. Aber er hatte ja nicht ahnen können, dass er von irgendeinem alten Narren eine stundenlange Friedhofsführung bekommen würde. Und was sollte das überhaupt heißen – seine Gäste würden nicht auf ihn warten? Und müsste es nicht schon längst fast dunkel sein? Wäre es nicht allmählich Zeit, zu einer der Silvester-parties in den umliegenden Orten zu gehen?

Wolfgang blieb stehen und sah sich um. Kein weiterer Besucher war auf dem Friedhof, soweit er ihn überblicken konnte, zu entdecken.

Er sah auf seine Armbanduhr und stutzte. Sie zeigte immer noch 35 Minuten nach Beginn der Beerdigung. *Mist. Stehengeblieben.*

Er hielt sich die Uhr ans Ohr und hörte sie deutlich ticken. Bei näherer Betrachtung sah er sogar, wie sich der Sekundenzeiger bewegte.

„Worauf genau wartest du?" rief Anatole vom anderen Ende des Weges zu, bevor er um eine hohe Ligusterhecke verschwand.

Wolfgang ließ den Arm sinken und folgte dem alten Mann bis zu einem Grab mit zwei Einzelsteinen.

Abrupt blieb er neben Anatole stehen und starrte den rechten der beiden Steine an.

Friedhelm? Was wollte der Alte ihm denn jetzt auch noch über seinen toten Geschäftspartner erzählen? Kurz vor seinem Tod hatte er Wolfgang noch die besondere Zutat zu Lenas Cocktail geliefert.

Nach dem großen Interesse der Polizei an Friedhelms ‚Nachlass' hatte Wolfgang lieber ein paar Wochen gewartet, bis er Gebrauch von Friedhelms Lieferung machte.

Geruchlos sollte sie sein, aber wirkungsvoll. Und ohne Rückstände zu hinterlassen. Das hatte Friedhelm ihm versichert.

Eigentlich war Wolfgang froh, diesen geldgierigen Möchtegern-Dealer los zu sein. Einen immer höheren Anteil hatte er verlangt. Und einen unverschämten Preis für sein Mittelchen für Wolfgang, der allerdings problemlos heruntergehandelt hatte.

Aber das alles konnte dieses alte Wrack neben ihm wohl kaum wissen.

Oder?

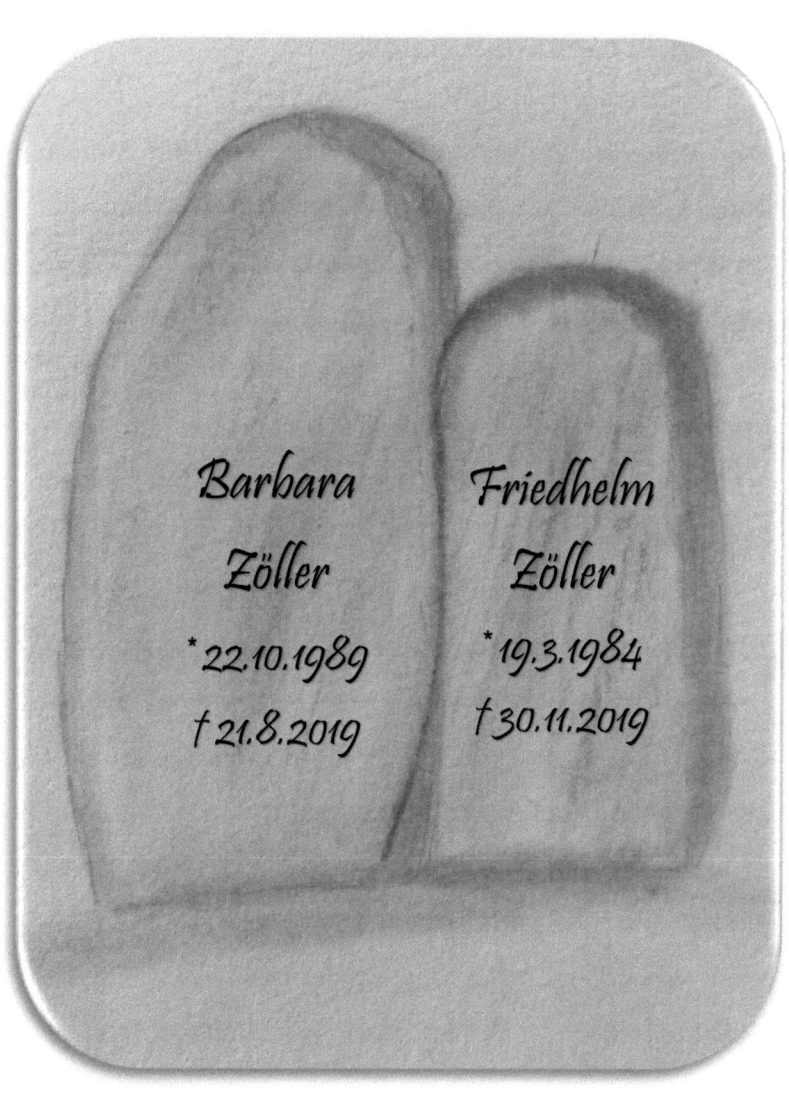

Barbara
Zöller
*22.10.1989
†21.8.2019

Friedhelm
Zöller
*19.3.1984
†30.11.2019

Kapitel 14 - Gar nicht einfach

Es war nicht einfach, mit fünfunddreißig Jahren bereits Witwer zu werden. Plötzlich hatte man die Angelegenheiten seiner verblichenen Angetrauten zu regeln, Nachlassverwaltung und solche Dinge.

Wenigstens waren keine Kinder da. Und trotzdem war Friedhelm nicht ganz allein in dem großen Haus, hatte er doch immer noch seine kleinen Lieblinge.

Es war nicht einfach, mit fünfunddreißig Witwer zu werden. Die fragenden Blicke der Angehörigen auf der Beerdigung. '*Sie war doch noch so jung! Wie hatte das passieren können?*' Denen musste er standhalten. Auch verstand keiner von denen, warum er seine kleinen Lieblinge so mochte. Vielleicht, weil sie keine solchen dummen Fragen stellten.

Als Witwer hatte man es nicht einfach. Auch die Polizei stellte Fragen. Natürlich. '*Was hatte sie dort zu suchen gehabt?*' - '*Ich weiß nicht, Herr Kommissar. Sie wusste doch, wie gefährlich sie sind. Und trotzdem …*'

Jetzt ein gekonnter Biss in die zitternde Unterlippe,

damit man seine Erschütterung sah.

Denn es war wirklich nicht einfach, Witwer zu werden.

Fast wäre es ihm nicht gelungen.

Beinahe hätte Barbara ihn gar nicht erst geheiratet. Er war nichts Besonderes, hatte nichts außer seinem Charme. Es war ein Glücksfall, dass die reiche, junge Dame aus gutem Hause ihn erwählt hatte. Auch wenn sie selbst seine Zuneigung zu diesen … Tieren nie verstanden hatte. Sie hatte sie akzeptiert. Gut für ihn.

Schlecht für sie.

Es war gar nicht einfach gewesen. Barbara ging niemals in den Raum, in dem Friedhelm die Terrarien aufgestellt hatte. Also musste er dafür sorgen, dass einer seiner kleinen Lieblinge den Weg zu ihr fand.

Der australische Taipan war sein ganzer Stolz. Erst nach seinem Einzug in das einsam gelegene Anwesen war ihm das Aufstellen eines Terrariums möglich gewesen, das geräumig genug für dieses Prachtstück war.

Dann war alles doch einfacher gewesen, als er erwartet hatte. Seinen Liebling nach dessen Besuch in den Räumlichkeiten seiner Frau wieder einfangen, zurück in sein Terrarium setzen, zusehen, wie das Gift nach dem schmerzlosen Biss seine Wirkung tat – *'Ich weiß auch nicht, warum dir so übel ist, Schatz. Leg' dich doch ein wenig hin,'* - dann die Leiche in das wohltemperierte Terrarienzimmer schleppen, so als habe sie sich selbst noch auf lebenden Füßen dort hin verirrt, all das bereitete ihm keine großen Schwierigkeiten.

Und nun konnte er endlich sein Erbe in vollen Zügen genießen.

Er würde das für ihn nur mäßig lukrative Geschäft, welches er mit diesem Halsabschneider führte, an den Nagel hängen.

Weil sein Geschäftspartner glaubte, das größere Risiko zu tragen, während er, Friedhelm, die meiste Arbeit machte, hatte jener auf einer Profitaufteilung im Verhältnis sechzig-vierzig bestanden.

Es war wirklich an der Zeit, dass er sich aus dem Staub und selbständig machte, bevor sein Partner möglicherweise noch habgieriger würde.

Die einzelnen Produkte, für die er seine

Lieblinge behutsam ‚molk', brachten, jedes für sich, immer ein hübsches Sümmchen. Um den Vertrieb würde er sich zukünftig selber kümmern.

Zunächst würde er aber noch dieses eine, ausgerechnet von seinem eigenen Geschäftspartner bestellte Spezialprodukt zubereiten und ausliefern.

Auch dieser hatte vor kurzem begonnen, ein gesteigertes Interesse an einem weiteren Leben bevorzugt als Witwer zu entwickeln, nachdem sein kleines Frauchen herausgefunden hatte, womit ihr Göttergatte sein Geld tatsächlich verdiente.

Rein theoretisch wollte Friedhelm ihm da natürlich gerne behilflich sein, hatte er doch keine Lust, mit aufzufliegen, falls Madame quatschen würde.

Man hätte sich jedoch über den Preis einig werden müssen. Und das war mit DIESEM Verhandlungspartner gar nicht einfach.

Wie erwartet hatte dieser sich quergestellt und war nicht bereit gewesen, den geforderten Betrag zu bezahlen.

Also hatte Friedhelm beschlossen, eine kleine Änderung an der Rezeptur vorzunehmen. Vermutlich würde es auf diese Weise spätestens bei der Trauerfeier eine böse Überraschung geben. Aber bis dahin wäre Friedhelm schon längst mit seinem Erbe über alle Berge.

Aber man bekam eben nur geliefert, was man auch bezahlte.

Einfaches Spiel – einfache Regeln.

Gar nicht einfach war es dagegen drei Monate nach Barbaras Hinscheiden, eine Erklärung dafür zu finden, wie Friedhelm es hatte übersehen können, dass es sich bei seinem reptilischen Neuerwerb, welcher ihm bei der Beseitigung seiner Angetrauten geholfen hatte, um ein eiertragendes Weibchen gehandelt hatte.

Und ein fleißiges Weibchen war es gewesen. Mindestens 15 Jungtiere hatte er aufgeschreckt, als er die Schmuckschatulle seiner toten Frau aus der Schminkkommode holen wollte.

Es stimmte, stellte er fest, während er langsam zu Boden sank, dass die Bisse des Taipans fast überhaupt nicht schmerzten.

Kapitel 15 - Leben

Wolfgang bemühte sich, die Fassung zu bewahren.

Entweder war das alles ein dummer Zufall, und Friedhelm hatte noch einen anderen Geschäftspartner, oder der Alte wusste wirklich Bescheid über Dinge, von denen er gar nichts wissen konnte.

Dass Friedhelm seine eigene Frau auch übern Jordan geschickt hatte, das wusste Wolfgang. Selbstverständlich hatte er das niemandem erzählt. Dafür hing er viel zu tief mit drin. Und Friedhelm hatte das auch sicherlich nicht eines schönen Sonntags gebeichtet.

Oder doch?

Das musste es sein! Friedhelm hatte das dem Pfaffen erzählt, und der wiederum dem alten Totengräber. So viel zum Thema Beichtgeheimnis! Deshalb wusste der Alte all diese Sachen! Die hockten vermutlich allabendlich zusammen und spülten die im Vertrauen erzählten Geheimnisse der Bürger dieses Ortes mit einer Flasche Wein nach der anderen runter und lachten sich kaputt.

Wolfgang grinste und blickte wieder auf seine Armbanduhr, die immer noch die gleiche Zeit anzeigte. Morgen, nein, da war Neujahrstag, übermorgen, am Donnerstag, würde er sie zur Reparatur bringen.

Aber auch wenn dieser Alte und der Pfaffe unter einer Decke steckten, dachte Wolfgang, ein paar Dinge ließen sich dadurch nicht erklären.

Ein leichter Schneefall hatte eingesetzt. Wolfgang schlug seinen Jackettkragen hoch, verschränkte fröstelnd die Arme vor der Brust und blickte in den Himmel. „Das ist komisch."

„Was denn, mein junger Freund?"

„Müsste es nicht schon längst dunkel sein? Wir quatschen doch hier schon ewig rum. Und…"

„Und?"

Wolfgang blickte sich auf dem Friedhof um. „Wo sind …?"

„Wo sind die anderen Besucher?"

Wolfgang nickte.

Anatole fuhr fort: „Die Zeit der Lebenden auf diesem Friedhof ist jetzt vorbei. Die Zeit der Toten bricht an."

„Was soll DAS jetzt bedeuten?"

„Wunderst du dich nicht, warum ich vorhin gesagt habe, dass deine Gäste dich nicht vermissen?"

„Doch, natürlich."

„Nun, es gibt Tage im Jahr, die sind nicht so wie die anderen."

„Was heißt DAS nun wieder? Was für Tage?"

„Ganz besonders die Tage vor dem 1. Mai, vor dem 1. November und vor dem 1. Januar. Die drei Tage und die drei Nächte, an denen Magie möglich ist. An denen der Schleier besonders dünn ist. An denen die Übergänge besonders einfach zu bewerkstelligen sind."

„Allmählich reicht es mir WIRKLICH mit Ihrem geheimnisvollen Gelabere. Ich geh jetzt."

„Oh bitte, diese eine Geschichte noch. Die handelt sogar von mir selber. Mir ist damals etwas Urkomisches passiert. Ich war zu der Zeit in Österreich unterwegs. Das war ein Tag wie dieser. Nur war es diesmal der 30. April. Das muss so um 1902 gewesen sein."

„Bitte wann?"

„Pst. Hör mir zu!"

Kapitel 16 – Allegorie

„Grüß Gott. Ha. Da muss ich schon wieder lachen. Ist ja auch mein liebstes Späßchen. Denn wissen Sie, sobald ich das zu Ihnen sage, haben Sie gar keine andere Wahl mehr, als das auch zu tun. Ja, genau, grüßen Sie mir den guten, alten Herrn.

Wobei, wenn ich mir Ihre Unterlagen so ansehe, könnte es auch durchaus möglich sein, dass Sie den anderen Typen grüßen müssen. Das wäre natürlich nicht so spaßig. Für uns beide. Für Sie sowieso nicht, und für mich nicht, weil ich's ihm nicht gönne.

Warum schlottern Sie denn so? Heulen und Zähneklappern nützt Ihnen jetzt auch nichts. Dafür bin ich ohnehin die falsche Adresse. Da wenden Sie sich an meinen Kollegen Simon, der Sie einteilt und entweder oben behält oder nach unten schickt.

Ach, Sie wissen immer noch nicht, was ich eigentlich von Ihnen will? Ja, richtig, wie unhöflich von mir. Ich habe mich noch nicht einmal vorgestellt. Mal sehen. Schauen Sie, ich habe so viele Namen, da variiere ich gerne ein bisschen.

Ich heiße Shinigami. Sagt Ihnen nichts? Vielleicht ein wenig zu exotisch. Manche nennen mich auch Ankou. Nein? Vielleicht Azrael? Schon eher? Am liebsten mag ich ja – passen's auf: Boanlkramer. Ha! Gut, oder? Sagen's DAS mal dreimal schnell hintereinander!

Aber wenn ich als Thanatos unterwegs bin, dann können Sie froh sein, wenn ICH Sie finde, und nicht meine Schwester Ker. Das ist dann nämlich meistens eine ziemlich unappetitliche Angelegenheit.

Richtig, die Verfahrensweise. Wie soll ich's denn bei Ihnen tun? Persönlich halte ich ja wenig von diesem ganzen Blutvergießen. Das schaut dann zwar spektakulär aus, aber wer soll denn die Sauerei wegmachen? Ich bin mehr für Herzstillstand. Sauber, schnell, geräuschlos. Meist ein Schock für die Umstehenden, aber glauben Sie mir, es ist schade, dass das niemand zu schätzen weiß.

Ach ja, immer dieses Gemetzel und Geschnetzel. Was für eine Verschwendung, wenn man bedenkt, dass Ihr eigentlich eine ganz wunderbare Erfindung vom Chef seid.

Sie können sich gar nicht vorstellen, was ich

hin und wieder mit ansehen muss. Wie gerne würde ich manchmal den ganzen Krempel hinschmeißen, einfach meinen Hut nehmen. Hab's versucht. Aber ganz ohne Populationskontrolle geht's nun mal nicht. Und finden Sie in meiner Position mal 'nen Stellvertreter oder gar einen Nachfolger. Wobei, da hätte ich ja schon eine Idee. Stammt eigentlich aus Frankreich. Genauer gesagt, aus der Bretagne. Das muss ich mal mit dem Chef besprechen. Da könnte ich nämlich am Ende jeden Jahres ... Allerdings werde ich da auch keinen Freiwilligen finden. Schon gar nicht jedes Jahr einen anderen. Tse. Hach ja.

Ach, ich werd' schon wieder sentimental. Aber Sie brauchen mich gar nicht so anzuschauen. Weich werde ich bestimmt nicht. Meinen Job kann ich schon noch erledigen.

So. Wie denn jetzt? Im Sitzen? Im Stehen? Gleich im Liegen? Wie hätten Sie's gerne? Was? Na, wie soll man Sie vorfinden?

Herrjeh, der hat's immer noch nicht kapiert! Ich bin gekommen, um Sie mitzunehmen! Heimzuholen! Sie werden jetzt den Löffel abgeben! In's Gras beißen! Wie auch immer.

Was heißt hier 'Warum denn'? Ihre Zeit ist abgelaufen, finito. Ich habe hier, warten Sie, einen Terminationsauftrag für ... Augenblick ... hier steht's: Arachmäus Leonides.

Jawohl. Falls Ihnen also meine Namen, die ich Ihnen vorhin genannt habe, nichts gesagt haben sollten, Sie dürfen mich Hein nennen, Herr Leonides. Meinetwegen auch Freund Hein. Oder Sensenmann. Aber wenn ich Sie so betrachte, fehlt Ihnen dafür wohl der Sinn für Humor. Haben mir ja nicht mal 'nen Marillenlikör angeboten oder versucht, mich anderweitig auszutricksen.

Bitte? Sprechen Sie doch ein wenig lauter, Herr ... ach so, mein Würgegriff wird zu fest. Tschuldigung. Also, wie meinten Sie?

Sie wollen mich jetzt veralbern, oder? Moment. Hier steht aber 'Arachmäus ...'. Was soll das heißen, das sind nicht Sie? Die Beschreibung stimmt aber! Dunkle, kurze Haare, ausladender Schnurrbart ...

Was? Ausweispapiere? Ja, na gut. Zeigen Sie mal her.

Hoppla. Ja. Sieht ... ganz so aus, als, ja, als wäre mir da ein ganz kleiner, ein klitzekleiner Fehler

… Ah, ich sehe schon, Sie sind … ja … Sie haben ja noch Zeit.

Was machen Sie eigentlich beruflich? Ach, Schriftsteller? Naja. Na gut. Ja, mein aufrichtiges … nein … das … passt ja dann jetzt wohl nicht so ganz.

Und wo ist dann eigentlich der Herr Leonides? Warten Sie mal, hier steht … Wien, Liesing, Keltengasse … Ach so, das hier ist die KETZERgasse? Oh je. Das ist aber nicht die Adresse in Ihrem Ausweispapier … Sie sind gerade erst hier in das Schlössl eingezogen? Verstehe. Aber in Liesing bin ich, ja? Na immerhin. Sehen's, ich bin auch nicht mehr der Jüngste.

Sagen Sie, Sie könnten mir nicht eventuell versprechen, das für sich zu behalten? Also, das wäre mir wirklich sehr recht. Ist ja in der Tat ein wenig peinlich für mich, nicht? Wobei, ha ha, das kann ja JEDERMANN mal passieren, gell?

Tja, also dann, bis in ein paar Jährchen. Auf Wiedersehen, werter Herr von Hofmannsthal."

Kapitel 17 - Tod

„Nette Geschichte, aber ich kapiere immer noch nicht, was das mit Ihnen zu tun haben soll. 1902?" Wolfgang lachte nervös. „Sie sind zwar alt, aber SO alt nun sicher nicht."

Anatole erwiderte eiskalt: „Ich bin nicht der, der ich bin. Und wenn du wüsstest, wer und wie alt ich wirklich bin, würdest du möglicherweise doch ein bisschen mehr Respekt zeigen. Mein um 27 Jahre zu früher Besuch bei Herrn von Hoffmannsthal muss jedenfalls 1902 gewesen sein."

Anatole und Wolfgang waren während Anatoles letzter Erzählung weiter über den Friedhof spaziert und an einem offenen Grab angekommen, in dessen Nähe der Lastwagen des Totengräbers geparkt stand.

Der alte Mann blieb am Rand stehen und sagte leise: „Dies habe ich heute ausgehoben. Mein letztes Grab. Und es wird auch noch jemand darin ruhen, ehe das Jahr endet."

„Was? Wie meinen Sie das?" Wolfgang ging ein paar Schritte rückwärts, fort von der gähnenden

Öffnung. „Wer wird darin … ruhen?"

Anatole lachte, unterbrochen von kurzen Hustenstößen. „Glaubst du, DU vielleicht? Nein, mein junger Freund. Dies hier ist nicht dein Grab."

„Hören Sie," Wolfgang hob die Hände. „Mir wird es langsam wirklich kalt. Und ich weiß nicht, ob die Leute überhaupt noch auf mich warten, aber ich will jetzt auch was trinken gehen. Sie können gerne mitgehen und mir noch mehr von Ihren abstrusen Geschichten ins Ohr drücken. Aber ich …"

Anatole ignorierte die Einwände und fuhr fort: „Mein armer Freund Paul. Der Tod seines Bruders war nicht der erste Schicksalsschlag für ihn in so kurzer Zeit gewesen. Keine Woche davor hatte er einen langjährigen alten Weggefährten begraben müssen. Ich spürte seinen Schmerz. Noch intensiver als den aller anderen, die hier meinen Weg kreuzen." Er warf Wolfgang einen bösen Seitenblick zu. „Den der meisten jedenfalls. Dass ich Pauls Schmerz so deutlich fühlen konnte, lag wahrscheinlich an unserer langen Freundschaft. Das konnte ich nicht sehr lange mitansehen. Also brach ich eine in Stein gemeißelte Regel. Ich gab mich zu erkennen."

„Oh bitte! Kommt jetzt etwa NOCH eine Geschichte?" rief Wolfgang und wollte sich abwenden. Aber der alte Totengräber versperrte ihm den Weg.

„Wenn du diese Welt verlässt," sagte der alte Mann finster, „ist nur das von Bedeutung, was du vollendet hast. Alles Andere zählt nicht. Wie das ungeborene Kind, das mit der Mutter stirbt. Also wirst du jetzt still sein und mich meine Geschichte zu Ende erzählen lassen!"

Wolfgang versuchte, den eiskalten Schauer zu ignorieren, der ihm über den Rücken lief. Er setzte sich auf eine Bank, ohne Anatole aus den Augen zu lassen, der zufrieden lächelte und sich neben Wolfgang niederließ.

„Ich und meinesgleichen stammen aus einer Zeit, da die Menschen noch Respekt vor den Toten hatten. Und Respekt vor dem Tod. Er gehörte damals wahrhaftig zum Leben. Das war nicht nur eine Floskel.

Jede Gemeinschaft hatte ihr Gotteshaus mitten in der Siedlung stehen. Und die Toten wurden um die Kirche herum begraben. So war man ständig an die eigene Vergänglichkeit erinnert. Wollte man in der

Kirche eine Hochzeit oder Taufe feiern, so musste man zweimal an den Toten vorbeigehen. Einmal vor der Feier, ein zweites Mal danach.

Ihr sprecht heute nur noch ungern über den Tod. Weil Ihr glaubt, etwas Besonderes zu sein. Es kann doch nicht angehen, dass eure hochwertvolle Existenz eines Tages endet! Fast als müsse der Tod sich schämen, dass er seine Arbeit macht.

Aber jeder von euch geht mit einem Strick um den Hals durchs Leben. Dem einen zieht der Henker früher, dem anderen später die Falltür unter den Füßen weg.

Und gerade deshalb, Wolfgang, ist das Leben kostbar. Gerade deshalb darf man keinem Menschen mehr Macht zugestehen als ihm gebührt. Und schon gar nicht die Macht über Leben und Tod."

Bei den letzten Worten des Totengräbers begann Übelkeit in Wolfgang aufzusteigen.

„Woher wissen Sie, wie ich heiße?" flüsterte er. „Ich habe Ihnen meinen Namen nie gesagt."

Anatole lächelte. „Hab noch einen Augenblick Geduld. Bald erfährst du alles. Hör zu."

Kapitel 18 – Ankou

Langsam schritt der alte Totengräber den Mittelgang der kleinen Kirche entlang auf den steinernen Altar zu.

Auf halbem Weg blieb er stehen, die Mütze in der Hand, und senkte den Kopf zu einer respektvollen Verbeugung.

Er setzte seinen Weg fort, bis er die vorderste Kirchenbankreihe erreicht hatte, in welcher der Pfarrer der Gemeinde, Paul Ruga, saß, die Hände zum Gebet gefaltet, die Augen geschlossen.

Eine Träne lief an seiner Wange herab.

Schweigend blieb der Totengräber neben der Bank stehen, bis der Geistliche seine Augen öffnete und zu ihm heraufsah.

„Ach, mein lieber Herr Michaelis. Sie sind ja noch hier!"

„Ich habe das … ich habe das Grab jetzt geschlossen, Herr Pfarrer. Das wollte ich Ihnen sagen. Ich dachte, Sie möchten vielleicht …"

Der Pfarrer erhob sich. „Danke, Herr Michaelis. Nun gehen Sie aber bitte nach Hause. Es war ein langer Tag."

Der alte Mann zögerte. „Bitte, Herr Pfarrer, dürfte ich mit Ihnen sprechen? Ich weiß, Sie sind in tiefer Trauer. Aber möglicherweise kann ich Ihnen helfen, den Schmerz ein wenig zu lindern."

Der Pfarrer legte dem Totengräber im Vorbeigehen eine Hand auf die Schulter. „Nichts für Ungut, aber ich habe heute meinen Bruder beerdigt. Ich wüsste wirklich nicht, wie Sie ..."

„Und vor neun Tagen haben Sie Ihren besten Freund begraben," unterbrach ihn der alte Mann.

„Daran müssen Sie mich nicht erinnern!" erwiderte der Pfarrer und erschrak selbst über die Schroffheit seines Tonfalls.

„Tut mir leid," fuhr Pfarrer Ruga fort, „aber ich wäre jetzt gerne allein." Er wandte sich vom Totengräber ab und ging durch das Mittelschiff auf den Ausgang zu.

Der alte Mann knetete die Mütze in seinen Händen. Er überlegte, ob er den Pfarrer gehen lassen sollte, ihn alleine lassen in seinem Schmerz. Er könnte auch morgen noch mit ihm sprechen. Die Trauer über den schrecklichen Verlust des Bruders würde er ihm nicht nehmen können, nicht nehmen wollen. Das gehörte zum Leben dazu. Daran zweifelte er nicht.

Aber auch er selber litt, wenn er Paul so mit seiner Verzweiflung kämpfen sah.

Also fasste er einen Entschluss.

„Paul!" rief er. Seine Stimme hallte in der Kirche wider.

Der Pfarrer blieb stehen, den Griff der inneren Glastür bereits in der Hand.

Etwas an dieser Stimme, an der Art, wie der Mann seinen Namen ausgesprochen hatte, jagte Pfarrer Paul Ruga einen eiskalten Schauer durch sein Innerstes.

Langsam drehte er sich um.

„Verzeih mir, Paul," fuhr der Totengräber fort. „Es bricht mir das Herz, dich so traurig zu sehen."

Der Geistliche lächelte. „Und Sie haben wirklich ein sehr gutes Herz, Herr Michaelis. Ich bin Ihnen dankbar für Ihre Fürsorge, und wenn ich Sie richtig verstehe, möchten Sie mir das ‚Du' anbieten, nach all dieser Zeit, aber jetzt gerade …"

„Wir sagen schon seit 33 Jahren ‚Du', Paul," antwortete der Ältere.

Der Pfarrer ging auf den anderen Mann zu und runzelte die Stirn. „Ich glaube, ich kann Ihnen nicht ganz folgen."

Der Totengräber setzte sich in die nächstgelegene Kirchenbank und stopfte seine Mütze in die Tasche seines alten, grauen Kittels. „Deshalb wollte ich ja mit dir sprechen."

Pfarrer Ruga ging einen Schritt an seinem Gesprächspartner vorbei und setzte sich in die Bank vor diesem, halb zu ihm hingedreht.

„Nun denn, sprechen Sie. Ich höre Ihnen zu."

Der alte Mann nickte. „Ich möchte dich bitten, mir bis zum Ende zuzuhören. Denn das, was ich dir zu erzählen habe, wird mehr als nur unglaubwürdig klingen. Du wirst denken, ich sei verrückt."

Er schloss kurz die Augen und holte tief Luft, bevor er zu erzählen begann.

„Ich bin es, Paul, dein alter Freund Anatole Marwoleth. Dein Nachbar und Vertrauter seit über dreißig Jahren, den du am letzten Tag des vergangenen Jahres, einen Tag nach seinem Tod, auf dem Friedhof hier oben zur – wie du dachtest – ewigen Ruhe gebettet hast."

Der Geistliche war bleich geworden und öffnete den Mund, um etwas zu entgegnen. Er schloss ihn jedoch wieder wortlos und atmete laut aus.

Der Totengräber fuhr fort: „Du siehst mich an und siehst den alten Friedhofswärter und Totengräber, der hier, soweit du zurückdenken kannst, seinen Dienst verrichtet.

Ich weiß, du hast dir oft Gedanken darüber gemacht, wie ein so alter Mann eine so schwere Tätigkeit immer noch mit seinen althergebrachten Utensilien verrichten kann. Aber das hat alles seinen Grund.

Überhaupt haben wir beide uns oft darüber unterhalten, wie alt er wohl sein mag, dieser Totengräber, und dass du dich gar nicht wirklich daran erinnern kannst, dass er jemals jünger gewesen ist. Auch das kann ich dir jetzt erklären.

Ich bin Anatole und bin es doch nicht. Ich bin der alte Totengräber, aber nicht jener alleine. Ja, das ist schwer zu verstehen. Ich sehe es dir an, mein lieber Freund. Lass mich dir erzählen, was geschehen ist.

Im Moment meines Todes am vorletzten Tag

des vergangenen Jahres, als ich daheim auf jener Bank vor meinem Häuschen saß, auf welcher du mich morgens fandest, war ich nicht alleine.

Ich hatte mich an diesem Morgen, von Schlaflosigkeit und Unwohlsein getrieben, sehr früh nach draußen begeben, war ein Stückchen spazieren gegangen und hatte mich dann auf die Bank gesetzt und die wenigen fallenden Schneeflocken beobachtet.

Nach einer Weile kam der alte Totengräber und setzte sich zu mir. Ich wunderte mich, was ihn wohl zu jener frühen Stunde ausgerechnet in meine Straße geführt haben mochte.

Wir unterhielten uns. Und dann erzählte er mir seine Geschichte.

Ich erfuhr, wer er wirklich war. Ein Wesen aus alten Überlieferungen, an die heute niemand mehr glauben mag. Alt wie die Welt. Alt wie der Tod. Ein Wesen von vielen, denn ihn und seinesgleichen gibt es überall, wo Menschen leben und sterben. Und jeder Ort hat ein eigenes Wesen dieser Art.

Er ist ein Administrator und ein Wächter von jenseits des Grabes. Mancherorts nennt man ihn einen Bürgermeister der Toten. Er beschützt nicht nur den Friedhof und die Toten darauf, er kennt auch all ihre Geschichten. Er ist des Todes Handlanger, denn er sammelt in seinem Zuständigkeitsbereich die Seelen derer ein, deren Zeit gekommen ist."

In diesem Moment war die Geduld des Pfarrers erschöpft, und er unterbrach die Erzählung des alten Mannes. „Was reden Sie denn da? Handlanger des Todes? Was soll das?"

Der Totengräber fuhr fort: „Der bekannteste Name für ihn – für mich – ist jener, der in der Bretagne seinen Ursprung hat.

Ankou."

„Das habe ich noch nie gehört," unterbrach Pfarrer Ruga ihn erneut.

„Natürlich nicht. Ankou hat keinen Platz in deiner enggesteckten christlichen Weltanschauung. Dabei ist seine Existenz kein Widerspruch zu dem, was du glaubst. Er holt die Seelen der Verstorbenen und bringt sie heim, damit sie sich nicht verirren. Manche muss er allerdings einfangen, weil sie noch nicht bereit oder so voller Schrecken sind, dass sie nicht wissen, dass er es nur gut mit ihnen meint.

Aber eines ist gewiss: Wenn Ankou jemanden

besucht, wird er niemals mit leeren Händen wieder gehen.

So war es auch bei mir.

Ankou saß in der Gestalt des alten Totengräbers neben mir auf der Bank und sprach zu mir. Er sagte, dass meine irdische Zeit nun vorbei sei. Mein Körper sei zu müde und dürfe jetzt ausruhen. Aber für meine Seele hätte er noch eine Aufgabe."

„Was für eine Aufgabe?" flüsterte der Pfarrer.

„Auch Ankou muss Regeln befolgen. Eine davon besagt, dass jede Seele, die des Ankous Aufgaben erfüllt, dies nur ein Jahr lang tun muss. Danach darf auch sie zur ewigen Ruhe gehen.

Und Ankou des neuen Jahres wird seit Anbeginn der Zeiten der letzte Tote des vorangegangen Jahres in der Gemeinde."

„Anatole. Aber du … Sie … das kann ich nicht glauben."

Der Totengräber nickte. „Das verstehe ich. Ich habe es nicht anders erwartet. Ich werde dir etwas erzählen, das nur wir beide wissen. Das nur du und Anatole wissen können.

Es gibt etwas, das du nur mir anvertraut hast.

Und dem Allmächtigen."

Der Pfarrer schaute auf, dem alten Mann direkt in die Augen, und nickte.

„Du erzähltest mir öfter davon, dass du dir nicht sicher warst, ob deine Berufung wirklich dein eigener Herzenswunsch war, oder von deinem Bruder inspiriert.

Du wirst jetzt sagen, das zu erraten ist keine Kunst. Jeder zweifelt einmal an sich selbst und an dem, was er tut. Und der Einfluss, den dein Bruder auf dich hat ... hatte ... war auch nie ein Geheimnis.

Aber es gibt da etwas, das ich nicht erraten könnte, wenn ich es nicht wüsste. Es war dir Ernst. Du hast deinen Bischof um deine Entlassung bitten wollen. In einem seitenlangen Brief hast du ihm alles beichten wollen, was dich bewegt.

Doch am Ende dieser einen langen Nacht, im Morgengrauen, sind wir beide in den Chor unserer, dieser Kirche gegangen. Dort vorne," Anatole streckte den Arm aus und zeigte am Pfarrer vorbei auf den Altarraum, „auf der rechten, nicht wie jetzt auf der linken Seite des Altars, stand damals die zu der Zeit noch junge Osterkerze. Du hast eine Ecke des Briefes in die Flamme gehalten. Ihr Schein spiegelte sich in deinen Augen wider, und ich erkannte, dass sie dir in diesem Moment bis in die Seele geschienen haben musste.

Und ich sagte zu dir: Das Licht Jesu Christi…"

„… ist stärker als jeder Zweifel," beendete der Pfarrer den Satz leise. „Anatole. Du bist es. Ich … entschuldige bitte … es ist immer noch schwer zu glauben."

Der alte Mann lachte leise. „Ich weiß. Aber ist es nicht schön, noch ein weiteres Jahr zusammen verbringen zu können? Noch ein Jahr voller Gespräche, Rotwein, Geschichten und Kaminfeuer?

Und dieses Jahr wird das wertvollste sein, das wir haben, denn wir sind uns bewusst, dass es danach vorbei sein wird. Bis wir uns wiedersehen, nachdem Ankou auch dich besucht hat."

„Wie eine zweite Chance," sagte der Pfarrer.

Der Totengräber holte tief Luft. „Nun, DIESER Ankou hat eine der Regeln gebrochen. Wir geben uns sonst nicht zu erkennen. Wer würde uns auch glauben? Du hast selbst gemerkt, wie schwer das ist. Aber du warst so traurig. Erst hast du deinen besten

Freund verloren, dann deinen Bruder.

Darum habe ich beschlossen, es zu riskieren, um dich wissen zu lassen, dass du nicht so alleine bist, wie du nun fürchten musstest."

Der Pfarrer wurde bleich, als ihm ein Gedanke kam: „Anatole, mein Bruder … hast du auch ihn … abgeholt … als Ankou?"

Sein Freund nickte.

„Erzählst du mir davon?"

„Paul, warum willst du dich damit quälen?"

„Ich möchte es wissen. Bitte."

Der alte Mann seufzte. „Benedikt war eine der Seelen, die eingefangen werden müssen. Er hatte so große Angst. Er wusste nicht, welche Folgen seine Selbsttötung haben würde. Er war sicher, jetzt wieder mit jenem zusammenzutreffen, der ihn damals in seiner Kirche im Beichtstuhl heimgesucht hatte."

„Und?"

„Es tut mir leid, Paul, das kann ich dir nicht sagen. Ich weiß es nicht. Ich habe ihn heimgebracht. Weiter geht meine Aufgabe nicht. Wo eine Seele letztlich ruht, entscheide nicht ich. Und ich erfahre es auch nicht."

„Wie geht es weiter … am Ende dieses Jahres?" fragte der Pfarrer.

„Die Abende, die wir jetzt noch vor uns haben, werden mir genügend Gelegenheit geben, dir alles zu erzählen, was du wissen musst. Und wissen darfst. Aber jetzt geh dich in Ruhe von deinem Bruder verabschieden.

Wir werden uns anschließend in deiner Stube treffen. Wie du es gewohnt bist."

Kapitel 19 - Raum

„Blödsinn, Blödsinn, BLÖDSINN!" Mit jedem Wort stampfte Wolfgang wütend mit dem Fuß auf. „Da haben Sie nochmal schön auf die Tränendrüse gedrückt, aber jetzt glaube ich Ihnen auch endgültig kein Wort mehr! Sie sind wahnsinnig! Irre! Oder … oder einfach nur ein fantasierender alter Narr! Den ganzen Tag habe ich mich von Ihnen vollquatschen lassen! Ich kann mir gar nicht erklären, wie Sie das geschafft haben! Und das ist mir auch egal! Sie können sich von mir aus den Rest des Abends mit Ihren Leichen unterhalten! Ich bin jetzt jedenfalls weg! Da können Sie sich auf den Kopf stellen!"

„Ach nein," antwortete Anatole lächelnd. „Das möchte ich lieber nicht tun."

„Tschüss!" Wolfgang winkte dem Totengräber spöttisch zu, wandte sich ab und begann, sich zu entfernen.

„Willst du dich nicht verabschieden?"

Wolfgang ging weiter und rief über die Schulter: „Das hab ich gerade getan!"

„Nein, ich meinte, von deiner Frau!"

Der junge Mann blieb stehen.

Anatole hatte ihn eingeholt und sagte: „Manche Leute besuchen ihre verstorbenen Angehörigen häufiger als sie es zu deren Lebzeiten taten. Es ist einfacher. Sie verursachen keine Probleme, geben keine Widerworte. Aber das ist nicht die Mehrheit derer, die hier ihre Pflichtbesuche absolvieren. Die meisten, die hier her kommen, trauern wirklich.

Auch wenn du vielleicht nicht die Absicht hast, das Grab deiner Frau jemals wieder zu besuchen, gebietet es doch der Anstand, sich jetzt dort von ihr noch einmal zu verabschieden."

„Sie schaffen mich echt, wissen Sie das?"

„Wollen wir?" Anatole machte eine einladende Geste in Richtung des Hauptweges, dessen Ende zum Gräberfeld führte, in welchem sich Lenas Grab befand.

Dort angekommen, stellten sich der alte und der junge Mann nebeneinander vor das offene Grab und sahen hinab. Der Absenkautomat war bereits entfernt worden, sodass die beiden Männer direkt am Rand des Abgrundes standen.

„Müssen Sie das nicht noch zuschaufeln?"

fragte Wolfgang.

Der alte Mann nickte, trat ein paar Schritte zur Seite und hob eine Schaufel auf, die dort gelegen hatte. Er stellte sich wieder neben Wolfgang und lehnte sich auf die Schaufel.

„Bevor ich Feierabend machen und das Jahresende feiern kann, müsste ich dieses Grab noch schließen. Wenn es ein Grab wie jedes andere wäre."

Wolfgang wandte sich dem Totengräber zu. „Ist es das denn nicht?"

„Natürlich nicht. Was für ein Cocktail war es noch mal?"

„Was?" Wolfgang sah den alten Mann verwirrt an. „Wieso Cocktail?"

„Ihr habt doch abends immer einen Cocktail getrunken. Du und Lena. Margaritas waren es meistens, nicht wahr? Auch an jenem letzten Abend?"

Wolfgang starrte Anatole an und flüsterte: „Wovon zum Teufel reden Sie da?"

Langsam hob Anatole den Kopf und schaute dem jungen Mann fest in die Augen.

Lena Helmholtz
31.5.1985 – 26.12.2019

Kapitel 20 - Kälte

Lena konnte sich nicht daran erinnern, wann sie diese Kälte zum ersten Mal gespürt hatte. Gelegenheiten, Situationen hatte es genug gegeben, gab es immer noch genug. Ihre deprimierende Kindheit mit der dominanten Mutter und dem schwachen Vater, die jetzt beide tot waren. Ihr jüngerer Bruder Vincent, der schon früh begonnen hatte, ihr fremd zu werden, und zu dem sie schon lange keinen Kontakt mehr hatte. Ihr widerlicher Job. Ihre lieblose Ehe. Wie hatte sie sich nur zu einer solchen Verliererin entwickeln können? Oder hatte sie einfach nur Pech?

Die Kälte war schon lange nicht mehr nur tief in ihr drin. Sie hatte sich langsam ausgebreitet, bis sie sie völlig ausgefüllt hatte. Und mittlerweile umgab die Kälte sie wie ein Kokon.

Lena strich sich die Haare aus der Stirn, ließ den Arm sinken und stieß sich den Ellbogen. Warum musste so etwas immer ihr passieren? Ganz klar: Sie wurde vom Pech verfolgt.

Außerdem fiel sie immer auf die falschen Kerle

herein. Zuerst waren sie nett und höflich, zuvorkommend. Bis sie hatten, was sie wollten. Dann wurden sie kalt und abweisend.

Unglücklicherweise hatte sie den letzten aus einer Laune heraus geheiratet. Er war besonders charmant gewesen. Und besonders verlogen, wie sie zu spät gemerkt hatte. Seine braunen Augen waren nicht die eines freundlichen großen Bären gewesen, sondern die eines opportunistischen Egoisten. Sie hatte ihm in schwierigen Zeiten zur Seite gestanden, war sein seelischer Mülleimer gewesen und hatte ihm wieder auf die Füße geholfen, als seine Firma in Schwierigkeiten geraten war und ihn unterstützt, als er ein neues Unternehmen mit einem Bekannten gründen wollte.

Und schließlich hatte sie dann seinen Heiratsantrag angenommen. Vielleicht weil sie sich ein wenig Sicherheit erhoffte, ein wenig Wärme? Etwas Dankbarkeit.

Aber nicht nur hatte er zufällig immer dann etwas Wichtiges zu erledigen, oder war selbst in keiner guten Stimmung, wenn Lena einmal reden wollte. Er wurde mit der Zeit auch zunehmend abweisend, verbrachte viel Zeit außer Haus. Sie hatte sich schon oft gefragt, warum er sie überhaupt hatte heiraten wollen.

Ihr Mann. Wolfgang.

Seit etwas mehr als einem Jahr war sie nun mit ihm verheiratet. Da konnte man nicht einfach so gehen, wie bei den Kerlen vor ihm. Oder ihn wegschicken. Da konnte man sich nur noch mit einer Rüstung aus Kälte schützen.

Oder …

Sie könnte auch zur Polizei gehen.

Mit dem, was Lena vor einigen Monaten herausgefunden hatte, würde sie Wolfgang loswerden können. Entsetzlicherweise war sie sich nicht einmal sicher, ob sie das überhaupt wollte.

Wolfgang und sein Geschäftspartner, ein gewisser Friedhelm, hatten kein *normales* Unternehmen gegründet.

Lena hatte, als Wolfgang auf einer seiner ‚Geschäftsreisen' war, die Zeit genutzt, sich ein wenig mit dem Inhalt seiner Schreibtischschubladen zu befassen – und es bereut.

Ihr Mann war ein Rauschgiftdealer!

Mit den meisten Begriffen auf den wenigen Zetteln, die sie in einer grünen Mappe aus dünnem Karton gefunden hatte, konnte Lena nichts anfangen, aber die wenigen, die sie kannte, ließen keinen Zweifel zu.

Sie fragte sich, warum Wolfgang so unvorsichtig gewesen war, diese Mappe zu Hause aufzubewahren. Vermutlich hatte er nicht damit gerechnet, dass sie sich trauen würde, in seinen Sachen herumzuwühlen.

Aber jetzt war es zu spät. Sie wusste, was sie wusste, und hoffte, dass Wolfgang es nicht herausfinden würde, bevor sie sich darüber klar werden konnte, was sie mit ihrem Wissen anfangen wollte.

Sie legte die Mappe zurück und bemühte sich, alles wieder so anzuordnen, wie sie glaubte sich zu erinnern, es vorgefunden zu haben.

Und die Kälte, welche sie umhüllte, wurde intensiver.

Lena zitterte, zog die Jacke enger um sich. Wie konnte sie nur dermaßen frieren? Gut, es war Dezember, aber im Kamin brannte ein Feuer.

Sie wollte die Beine übereinander schlagen, und ein heftiger Schmerz durchfuhr ihr Knie. Schon wieder gestoßen!

Heute war sie wieder besonders ungeschickt. Deshalb hatte ihr Mann sie auch aus der Küche gejagt. Er wollte die Drinks heute Abend lieber selbst mixen, damit sie nicht wieder alles verschüttete.

Ein Cocktail am Abend. Schweigend zu sich genommen natürlich. Ihre letzte Gemeinsamkeit. Alkoholgenuss.

Er kam mit den Gläsern aus der Küche. Lena wollte aufstehen und ihm entgegengehen, um diese lästige Tradition so schnell wie möglich hinter sich zu bringen.

Der Schmerz an ihrer Stirn nahm ihr den Atem und zwang sie, sich wieder hinzusetzen! Wo sollte sie sich denn jetzt gestoßen haben? Die Lampe über dem Esstisch hing nicht tief genug und war zudem noch zu weit vom Rand des Tisches entfernt.

Ihr Mann kam mit den Gläsern auf sie zu. Und mit ihm eine immer größere Kälte.

Sie spürte nun immer klarer, dass ihr das Atmen schwer fiel. Sie legte eine Hand auf die Brust und streckte die andere nach dem Glas aus. Vielleicht würde sie nach einem Drink wieder leichter Luft bekommen.

Das Knacken und Stechen in ihren Fingern ließ sie aufschreien, als diese heftig gegen einen Widerstand krachten.

Lächelnd hielt ihr Mann ihr das Cocktailglas entgegen. Sie ignorierte es und tastete stattdessen mit beiden Händen vorsichtig um sich, um die unsichtbare Barriere zu finden. Oben, vorne, rechts, links. Sie war umgeben von … was?

Die Luft war inzwischen unerträglich dick und eiskalt. Lange würde sie nicht mehr bei Bewusstsein bleiben können.

Auch ihren gesamten Rücken hinauf spürte sie jetzt einen einzigen Druck, eine Berührung. Ihr Gesäß, ihre Waden, die Fersen … sie saß nicht am Esstisch! Sie lag!

Während sie nach Luft schnappend weiter ihre Umgebung abtastete, sah sie sich selber das Cocktailglas ergreifen.

Sie erfühlte Seidenstoff und Polster um sich herum und spürte das Getränk warm ihre Kehle hinabrinnen. *Margaritas waren doch nicht warm!!*

Sie griff sich wieder an die Brust und fragte sich, wann sie sich diese schreckliche Rüschenbluse angezogen hatte, die sie offensichtlich plötzlich am Körper trug.

Sie versuchte vergebens, den dickgepolsterten Widerstand vor sich ... über sich ... fortzuschieben. Ein kraftloser, ungehörter Schrei begleitete die Erinnerung an das Glas, das ihr zerbrechend aus der Hand fiel, ihren eigenen Sturz vor die Füße ihres immer noch lächelnden Mannes, die scheinbar fruchtlosen Wiederbelebungsversuche der Sanitäter, die Stimmen ihrer Angehörigen, während sie sich am offenen Sarg von ihr verabschiedeten.

Ihre verzweifelten Versuche, mit den Menschen um sie herum Kontakt aufzunehmen, ihnen mitzuteilen, dass das Gift nicht gewirkt hatte! Dass sie ... noch lebte!

Und die Kälte, von der sie für immer erfüllt und umfangen sein würde, nachdem sich der Deckel über ihr geschlossen hatte, bis zum endgültig letzten, schweren Atemzug.

Sie versuchte, zu schreien ...

Kapitel 21 - Ewigkeit

Wolfgang war während der Erzählung des alten Mannes kreidebleich geworden. „Was … wie … das ist nicht …" stammelte er.

Anatole ließ die Schaufel zu Boden sinken, zog seine Taschenflasche aus dem Kittel und hielt sie Wolfgang hin. Diesmal ergriff er sie, schraubte den Verschluss ab und trank einen großen Schluck.

Mit zitternder Hand reichte er die Flasche an Anatole zurück, der sie verschloss und wieder in die Kitteltasche gleiten ließ.

Allmählich gewann Wolfgang die Fassung wieder. „Verdammt noch mal, woher wissen Sie das alles?" rief er.

„Ich sagte dir schon," begann der alte Mann, „ich bin nicht der, der ich bin. Nicht der, den du zu erkennen glaubst."

„Und … wer sind Sie?"

„Mein Körper, junger Freund, liegt bereits seit einem Jahr in der Erde dieses Friedhofes."

„Was?" Wolfgang trat einen Schritt zurück. Weg von dem alten Mann, weg vom offenen Grab seiner Frau.

„Ich bin der Wächter. Der König der Toten, aber nicht des Todes. Ich diene dem Tod. Und mein Wissen erlange ich durch meine bloße Existenz."

„Ich verstehe kein Wort."

„Man nennt mich Ankou. Merke dir diesen Namen!

Wenn eure Zeitrechnung von vorne beginnt, erhält die Seele des letzten Toten des alten Jahres meine Aufgabe. Und mein gesamtes Wissen. Sie wird wissen, was ich weiß. Und sie erhält auch das Wissen um jeden der Toten, der während meiner Wache hier zur Ruhe gelegt wird. Die Geschichten um Leben und Sterben. Und manchmal auch die Geschichten der Mörder.

Auch der letzte Tote dieses sterbenden Jahres muss der neue Ankou werden."

„Was? Aber das ist Lena!" Wolfgang wich einen weiteren Schritt zurück. „Und sie wird allen erzählen, dass ich …!"

„Da irrst du dich, mein junger Freund. Das wird sie nicht tun. Und selbst wenn, spielt das auch keine Rolle mehr. Also für dich.

Mit anderen Worten: Lena wird nicht der nächste Ankou sein."

„Wer sonst?" Wolfgangs Mund fühlte sich trocken an. „Friedhelm?"

Anatole schüttelte den Kopf und lächelte. „Einmal darfst du noch raten."

„Ich … kann nicht …"

„Was ist denn, mein Junge? Geht es dir nicht gut? Oh," der Totengräber beugte sich nach vorne über den Rand des Grabes. „Hörst du das?"

Wolfgang öffnete die oberen Knöpfe seines Hemdes. Ihm war heiß. „Was …?" keuchte er.

Anatole drehte den Kopf seitwärts und lauschte. „Wie endete nochmal unsere letzte kleine Geschichte? Na? Erinnerst du dich?" flüsterte er. *„Sie versuchte zu schreien!"*

Wolfgangs Beine versagten den Dienst, als er endlich erkannte, wovon Anatole sprach. Er fiel auf die Knie und flüsterte: „Nein, nein, Lena!"

Wie aus der Ferne drang das Geräusch an sein Ohr. Erst leise, dann immer deutlicher und lauter.

Schreie! Schreie wie von einem Wesen, das auf Satans höchsteigene Folterbank gespannt sein musste.

Und diese Schreie kamen aus Lenas offenem Grab! Aus ihrem Sarg!

Wolfgang hatte Schwierigkeiten, Luft zu holen.

Anatole sah auf ihn hinab und genoss das Entsetzen, das den gesamten Mann gepackt hatte.

„Gut," sagte der Totengräber schließlich. „Ich glaube, jetzt wird es langsam Zeit."

Er ließ die hölzerne Leiter, die neben dem Grab gelegen hatte, vorsichtig hinabgleiten, stieg hinunter, öffnete die Sargdeckelschrauben und hob den Birkensargdeckel ab.

Sofort wurden die Schreie lauter, und Worte waren zu verstehen: „OH MEIN GOTT SO HELFT MIR DOCH ICH LEBE NOCH!"

„Hallo, hallo, hallo, ganz ruhig, meine Liebe," war Anatoles Stimme aus dem Grab zu hören. „Schauen Sie. Machen Sie die Augen auf. Ich bin ja da. Es ist alles in Ordnung.

Die Schreie verstummten. Jemand begann, heftig ein- und auszuatmen. Schluchzen und Weinen wurden immer wieder abgelöst von leisen, heiseren Worten: „Oh Gott, danke. Danke."

Wolfgang war nicht fähig, sich zu bewegen. Er erkannte die Stimme seiner Frau. Seiner … toten … Frau! Sie hatte durch das Geschrei zwar gelitten, war aber unverkennbar Lenas Stimme.

Das konnte ja wohl nicht sein. Hatte ihn Friedhelm also doch gelinkt, dieses Schwein! Wie der Alte gesagt hatte!

Jetzt hörte er Lena wieder leise sprechen: „Mein Mann … er hat … er wollte … wollte mich …"

Scheiße.

„Das weiß ich doch," antwortete Anatole. „Kommen Sie. Ich helfe Ihnen rauf."

Anatole half Lena, die Leiter zu erklimmen und folgte ihr.

Die Erkenntnis kroch nur langsam in Wolfgangs Bewusstsein. „Dieser alte Hund," flüsterte er. „Der hat das alles von Anfang an geplant. Alles vorbereitet. Alles nur, um mich …"

Genau. Was eigentlich? Was?

Wolfgang versuchte aufzustehen. Der Druck in seiner Brust, den er vor ein paar Minuten zum ersten Mal wahrgenommen hatte, wurde schlimmer.

Das darf nicht wahr sein, dachte er.

Dann sah er ihre Hände. Erst eine, dann beide. Blutig, geschwollen, von Hämatomen übersät. Sie zog sich am Rand des Grabes ... IHRES Grabes hoch.

Ein Speichelfaden lief aus Wolfgangs Mundwinkel. Ihm wurde übel.

Lena kletterte aus dem Grab und entdeckte Wolfgang am Boden kniend vor sich. „Du!" flüsterte sie. „DU!" krächzte sie und bekam einen Hustenanfall.

Anatole, der das Grab mittlerweile ebenfalls verlassen hatte, legte den Arm um Lenas Schultern. „Kommen Sie, meine Liebe. Setzten Sie sich hier auf die Bank. Jenen dort überlassen Sie bitte mir. Sie müssen sich jetzt ausruhen."

Wolfgang fiel vornüber, und konnte kaum noch verhindern, dass sein Gesicht hart auf den Boden aufschlug.

Wie durch eine Wand aus Watte hörte er Anatole sprechen: „Fühlst du dich nicht wohl?"

„Was ... haben ... Sie mit mir gemacht?" Er brachte die Worte nur mühsam heraus.

„Ach, das war nur ... nein, ich werde dich nicht mit chemischen Begriffen langweilen. Jetzt nicht mehr. Du weißt doch, die Flasche, die ich dir anbot? Und die du klugerweise beim ersten Mal ablehntest? Das fand ich sehr entgegenkommend von dir. So konnte ich dir wenigstens alle Geschichten erzählen, die ich in diesem Jahr gesammelt habe. Wobei du sie ja ohnehin sehr bald erfahren hättest."

„Aber … Sie haben … doch auch …"

„Aus der Flasche getrunken? Mein Junge, hast du mir nicht zugehört? Ich bin schon tot. Und gleichzeitig unsterblich!" Er lächelte. „Ich kann so viel Gift saufen, wie ich will."

„Helfen … Sie …"

Anatole ging neben Wolfgang in die Hocke, packte ihn an der Schulter und drehte ihn auf den Rücken. Dann beugte er sich ganz nah über ihn und flüsterte: „Erinnere dich all der Toten, deren Geschichten ich dir erzählt habe. Erinnere dich auch derer, die vor ihnen kamen und gingen. Erinnere dich der Opfer, der Mörder und Selbstmörder. Erinnere dich jener, die die Rache in ihre eigene Hand zu nehmen gewagt haben. So wie du dich dereinst derer erinnern wirst, die in den kommenden zwölf Monaten nach Ablauf der heutigen Nacht unter deine Obhut gegeben werden, und deren Geschichten du am Ende erzählen wirst. Und jetzt … geh!"

Wolfgangs Atem stockte, seine Augen brachen.

Der alte Totengräber stand auf und ging zur Bank, auf der Lena saß. Er zog seinen Kittel aus und ließ sich neben ihr nieder.

Bevor er der zitternden jungen Frau den Kittel über die Schultern legte, nahm er aus der Innentasche die Metallflasche heraus. Er öffnete sie und reichte sie Lena.

„Ich dachte," sagte sie, „haben Sie nicht eben gesagt …?"

„Dass hier Gift drin sei?"

Lena nickte. Anatole lachte und entgegnete: „Aber nein, hier ist nur guter, alter, bretonischer Whisky drin. Ich werde Sie doch nicht erst retten und dann vergiften!"

Lena lachte nervös und nahm die Flasche. Sie roch daran, zögerte und gab sie dem alten Mann zurück.

„Nein," sagte sie, „danke. Ich trinke keinen Alkohol mehr. Die Margaritas haben mich schon ins Grab gebracht."

Darüber mussten beide lachen.

„Schwarzer Humor!" sagte Anatole und stand auf. „Den liebe ich besonders. So. Und nun machen Sie folgendes. Sie gehen jetzt ins Pfarrhaus zu Pater Ruga und bitten ihn, einen Krankenwagen für Sie und einen Leichenwagen für Ihren Mann zu rufen. Eigentlich könnte ich ihn ja auch gleich hier behalten, aber so läuft das nun mal nicht."

Lena erhob sich vorsichtig, bis sie sicher war, dass ihre Beine sie tragen würden. „Aber wenn kein Gift in der Flasche war, woran ist Wolfgang denn dann gestorben?"

Anatole überlegte. Dann sagte er: „Ach, wissen Sie, was soll man machen, wenn das Herz nun mal so schwach ist? Dann kann ein solcher Schock, wie eine scheintote Ehefrau, schon einmal tödlich sein."

„Ach ja," entgegnete Lena. „Ja, das Herz." Sie lächelte den alten Mann an. „Ich werde Sie besuchen kommen. Darf ich?"

„Oh, ich bitte darum. Das ist sogar eine ausgezeichnete Idee. Und dürfte ich Sie noch um etwas bitten?"

„Natürlich."

Anatole hielt Lena die Flaschentasche hin. „Würden Sie die bitte Pfarrer Ruga geben, wenn Sie gleich ins Pfarrhaus gehen?"

Die junge Frau nahm die Flasche an sich. „Gerne. Soll ich etwas ausrichten?"

Der alte Mann dachte kurz nach. „Nein. Nein, er wird verstehen."

Lena nickte, lächelte, drehte sich um und ging langsam davon.

Anatole sah ihr noch lange nach, bevor er die Schaufel aufhob und sich auch auf den Weg machte.

Im langsamen Vorbeigehen betrachtete er die Grabsteine rechts und links seines Weges. Bei manchen lächelte er, bei anderen runzelte er leicht die Stirn. Anderen wiederum schickte er mit einer leichten Handbewegung einen verstohlenen Gruß.

Endlich kam er an seinem kleinen Lastwagen an, der seit Tagesbeginn neben dem frisch ausgehobenen Grab gestanden und auf ihn gewartet hatte.

Er legte die Schaufel auf die Ladefläche und schloss die hintere Klappe.

Dann stellte er sich an den Rand des Grabes und blickte hinab.

Ein Jahr lang war dieses Grab geschlossen gewesen. Heute hatte er es, der Regel folgend, wieder geöffnet. Er hob ein schneebepudertes Holzkreuz auf, das am Kopfende der Öffnung gelegen hatte, und steckte es in die Erde.

Er betrachtete das Kreuz eine Weile und lächelte.

Dann sprang er ins Grab hinab.

Er legte sich auf die kühle Erde und faltete die Hände.

Sterne standen am Himmel und blickten zu Anatole – zu Ankou – hinunter. Sie waren so alt wie er. Er war so alt wie sie. Und morgen ... morgen würde er sie wiedersehen.

Als die ersten Erdklumpen ins Grab hinabrutschten, begannen die Kirchenglocken zum neuen Jahr zu läuten. Feuerwerk begleitete die nächsten Erdbrocken.

In der Ferne hörte Ankou die Sirene eines Krankenwagens näher kommen. Und während die restliche Erde ins Grab fiel dachte er: *Ich beneide meinen Nachfolger nicht. Und die meiner Brüder auch nicht. 2020 wird ein anstrengendes Jahr für sie.*

Anatole Marwoleth

* 2. April 1939   † 30. Dezember 2018

Epilog

Eine schlaflose Nacht lag hinter Pfarrer Paul Ruga.

Gerade als er sich auf den Weg in seine Kirche machen wollte, um den Jahreswechsel im stillen Gebet zu verbringen, hatte es an der Tür seines Pfarrhauses geklingelt. Eine junge Frau hatte draußen gestanden, den Kittel des Totengräbers um die Schultern tragend. Sie hatte ihm Anatoles Flachmann entgegengehalten und ihm in knappen Worten erzählt, was ihr zugestoßen war.

Also hatte alles funktioniert, wie Anatole es geplant hatte …

Paul hatte einen Rettungswagen und die Polizei verständigt und mit Lena zusammen auf deren Eintreffen gewartet.

Während sich der Notarzt um Lena gekümmert hatte, war Paul mit der Polizei auf den Friedhof gegangen und hatte für Wolfgang neben dessen Leiche ein kurzes Gebet gesprochen.

Am schwierigsten war jedoch gewesen, NICHT zum Grab seines Freundes Anatole zu gehen. Er hatte ihm versprechen müssen, das erst am Neujahrstag zu tun.

Also ging Pfarrer Ruga im ersten Morgengrauen des neuen Jahres über den Friedhof, bis hin zu dem Grab, in dem er Jahr und Tag zuvor seinen besten Freund beerdigt hatte.

Still bekreuzigte er sich und begann mit geschlossenen Augen, ein stummes Gebet zu sprechen. Als er nach dem *Amen* seine Augen wieder öffnete, sah er auf der anderen Seite des Weges den Totengräber stehen.

Paul hob die Hand zum Gruß. „Guten Morgen, Herr Michaelis! Und ein gesegnetes neues Jahr!"

Der Totengräber blickte ihn verwirrt an und hob ebenfalls die Hand. Wortlos drehte er sich um und ließ den Pfarrer allein.

„Na, der braucht wohl ein bisschen mehr Eingewöhnungszeit. Ach, Anatole, wen hast du mir denn da hinterlassen? Mach's gut, alter Freund. Ich werde unsere Gespräche vermissen."

Langsam ging Pfarrer Paul Ruga in Richtung Kirche, um schon ein paar Dinge für die Neujahrsandacht vorzubereiten. ‚*Dann wäre doch wohl der Zeitpunkt gekommen,'* dachte er bei sich, *'Anatoles Holzkreuz durch einen Stein zu ersetzen, jetzt, da er endlich seinen Frieden hat.'*

Paul atmete tief die kalte Januarluft ein. Er wusste, dass er nicht alleine war.

Unsterblichen Dank an

Anatole ar Braz

02.04.1859 – 20.03.1926

für Vorarbeit und Inspiration.

Danke auch an

Mr. Jagger

26.07.1943 –

und Mr. Richards

18.12.1943 –

Vince Gilligan

10.02.1967 –

Dan Brown

22.06.1964 –

Achtung! Spoilerwarnung!

Sie werden ausdrücklich aufgefordert, nicht der Unart zu erliegen, dieses Buch zuerst am Ende aufzuschlagen! Wer macht denn auch sowas?!

Und wenn doch, sind Sie selbst schuld!

Handlungen haben Konsequenzen! Entscheidungen beeinflussen die Richtung unseres weiteren Weges.

Überlegen Sie sich also gut, ob Sie sich die folgenden Abbildungen wirklich ansehen wollen, bevor Sie das Buch gelesen haben, und ob Sie Ihren geldgierigen Geschäftspartner wirklich betrügen wollen, bevor Sie sichergestellt haben, dass Sie die Früchte Ihres Betrugs auch noch genießen können …

Mit folgenden Familienbäumen möchte ich versuchen, Ihnen das Verständnis der Zusammenhänge zwischen all diesen Menschen, die Sie auf den vorliegenden Seiten kennengelernt haben, zu erleichtern. Zumindest soweit mir die Informationen selber vorliegen.

Es ist gerade Mitte Dezember 2021, und noch steht nicht fest, wer des neuen Jahres Ankou sein wird. Für weitere Details, die sich der Autorin nicht erschlossen haben, bittet sie den geneigten Leser, sich an selbigen zu wenden. Möglicherweise gehen die Verknüpfungen noch weiter als bisher geglaubt …

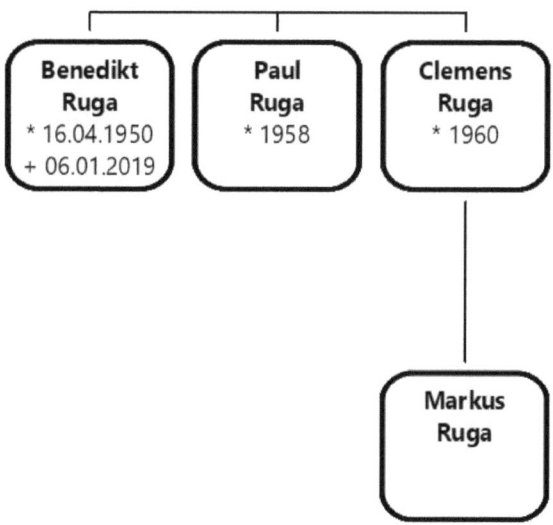

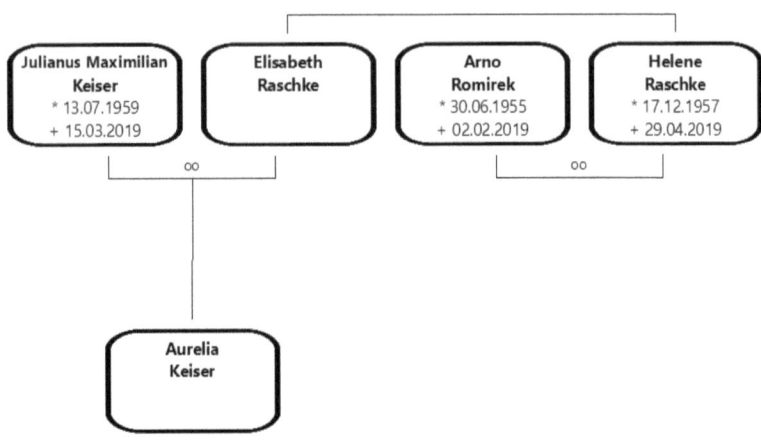

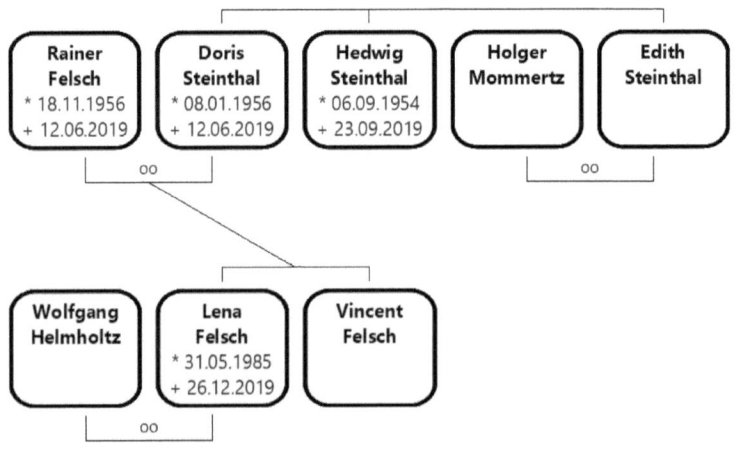

Und natürlich, wenn auch offensichtlich:

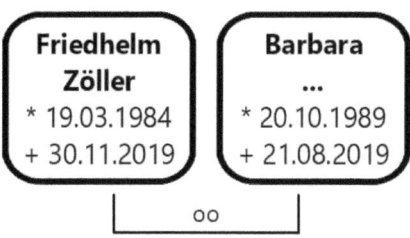

Die Familienbäume wurden erstellt mit Ahnenblatt 2.99h – Demoversion (www.ahnenblatt.de).

Hier wiedergegeben mit freundlicher Genehmigung des Entwicklers.